이 책을 읽는 분은 천수체입니다.

우 주 에 서 나 를 부 르 는 소 리

천서 0.0001

①

문화영 지음

수선재

천서 0.0001 ❶

1 판 1쇄　2001년 12월　6일
2 판 1쇄　2023년　1월 16일

지 은 이　문화영
펴 낸 곳　도서출판 수선재
펴 낸 이　장미리

출판등록　2022년 5월 30일 (제2022-000007호)
주　　소　전남 나주시 한빛로61 111-1004
전　　화　0507-1472-0328
팩　　스　02-6918-6789
홈페이지　www.ssjpress.com
이 메 일　ssjpress@naver.com

ⓒ 문화영, 2001

ISBN 979-11-92926-37-7 04810
ISBN 979-11-92926-36-0 04810 (세트)

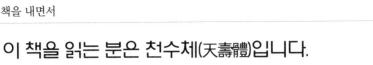

이 책을 읽는 분은 천수체(天壽體)입니다.

천서(天書)란 하늘의 기운인 천기(天氣)를 그대로 옮겨놓은 기록입니다. 따라서 이 세상을 지금까지 움직여 온 기본 원리이자 앞으로 움직여 나갈 방향이기도 한 것입니다.

천기란 천지창조의 모든 것을 담고 있으므로 이 천기를 통하여 우리가 살고 있는 이 세상의 모든 것을 비롯한 우주의 근본 원리를 알 수 있는 것입니다.

천기란 아무나 읽을 수 있는 것은 아닙니다. 또, 읽는다고 해서 그 내용을 전부 알 수 있는 것도 아닙니다. 인연이 아니면 읽었다고 해도 그 내용을 알 수 없으므로 누구에게 이야기 할 수 있는 것도 아닙니다. 말 그대로 천기이기 때문입니다. 인연이 되지 않은 사람에게는 저절로 잠겨지는 자물쇠가 들어 있는 것과 같습니다.

천서란 우주의 모든 것, 하늘의 모든 것, 인간의 모든 것을 기록한 글로서 이 안에서 인간은 아주 일부에 해당합니다. 그러나 그 일부는 전체를 대표하는 일부입니다.

모든 인간은 하늘과 하나가 될 수 있는 조건을 갖추고 태어났습니다. 이것을 어떻게 발견하고 실천하느냐에 따라 인간은 하늘과 동격이 될 수 있습니다. 하늘과 동격이란 천기에 대한 완벽한 이해와 일체화로 하늘과 하나가 되는 것입니다.

천서는 인연이 되지 않는 사람에게는 닿지 않을 것입니다. 하늘과 인연이 있는 사람을 우리는 천수체(天壽體)라고 합니다.

이 책을 접하였다면 당신은 천수체입니다. 천수체는 하늘과 하나가 될 수 있는 인연의 씨앗을 자신의 내부에 가지고 태어난 사람입니다. 즉 하늘의 말씀을 받고 그것의 실행을 통하여 자신도 하늘의 대열에 합류할 수 있는 사람입니다.

누구나 그런 것은 아닙니다. 지금까지의 생(生)의 모든 것을 종합하여 판단한 결과 가능성을 인정받고 신택받은 사람이 하늘로부터 받은 혜택의 결과입니다.

이 책을 펴낸 수선재(樹仙齋)는 천수체들이 이끌어 가는 모임입니다.

우주의 목적은 진화이며 가장 근본적이고 원천적인 진화는 영적(靈的)인 진화입니다. 인간이 하늘의 뜻을 알고 이것을 실행할 때 자신이 우주의 구성원이 되어 자신의 역할을 수행할 수 있음을 알 수 있습니다.

우주의 원리를 이해하고 이것을 자신과 일치시켜 나가려는 노력은 우리가 전설로만 듣던 많은 선인들의 자취를 따라 완성의 길을 갈 수 있는 가능성을 열어줄 것입니다. 이 길은 금생(今生)에 인간으로 태어나 걸어볼 수 있는 최상의 길이며 인간으로서 태어난 가장 큰 보람을 가질 수 있는 길입니다.

이 책은 인간이 물질로 극복하지 못한 모든 문제에 대한 해답을 제시합니다.

이 책을 접한 당신은 천수체입니다.

이 책이 나올 수 있도록 도움을 주신 모든 분들께 감사드립니다. 특히 이 책을 엮은 장미리 팀장님과 도서출판 수선재의 백호현 사장님을 비롯한 출판사 식구 여러분에게 감사의 말을 전합니다.

2001년 11월 17일 수선대에서

문화영

하늘이 내려온 곳, 수선재

4장. 길은 달라도 깨달음을 향하여(타 수련 단체)

수련… 본성에 닿고자

천서(天書)라는 것은 현재 지구의 어느 곳에서도 들을 수 없는, 그뿐만이 아니라 지구의 역사상 처음으로 직접 전달되는 조물주님의 음성입니다. 조물주님의 음성이 지금 이 시대에 수선재를 통하여 직접 전해지는 뜻을 깊이 새기시고 다 같이 수련에 임해 주시기를 간절히 부탁드립니다.

우주창조

1장
우주창조

우주창조 목적

"조물주가 우주를 창조한 목적은 바로 자신의 발전을 위해서이다."

조물주가 우주를 창조한 목적은 바로 자신의 발전을 위해서이다. 우주란 바로 조물주에 의해 창조된 피조물이면서도 조물주의 모든 부분을 구성하고 있어 한편으로는 조물주 자신이라고 할 수도 있는 것이다.

스스로 창조가 가능한 조물주(造物主: 물건을 만든 자)의 입장에서는 자신의 일부를 유형화할 수도 있거니와 외부의 것을 창조할 수도 있다. 이러한 재량은 조물주의 특권이다.

우주가 창조되기 이전의 상태는 모두 기(氣)적인 상태이므로 조물주 역시 어떠한 일을 할 수 없는 상태이다. 따라서 조물주 역시 어떠한 일을 하기 위해서는 유형적인 기적 산출물이 필요하였으며 이 기적 산출물이 바로 우주이다.

이 우주 안에는 없는 것이 없으며 어떠한 것도 구해질 수 있다. 구해질 수 있다 함은 현재 우주에 존재하는 모든 기본물질인 기(氣)를 합성하면 어떠한 물질도 제조가 가능함을 말해주는 것이다.

기(氣)적인 상태의 공간에서 이러한 피조물을 배치할 공간이 필요함에 따라 별들이 생성된 것이며, 이 별들을 필요에 의해 무리지어 위치시킨 것이다.

이러한 별들은 각자 별 자체가 진화가 가능한 별, 즉 생물체가 탄생 가능한 별(생물성)과 자체에서 스스로 진화가 불가능한 별, 즉 생물체가 탄생 불가능한 별(무생물성)로 구분되었으며 생물체가 존재 가능한 별에서 존재 불가능한 별로 기(氣)적 흐름이 이어지도록 되어 있다.

이러한 기적 흐름이 없으면 우주에 기운의 흐름이 정체되어 우주 전체가 침체되므로 기적으로 강한 곳과 많은 곳, 약한 곳과 적은 곳을 배치하여 상호간에 기적인 흐름이 생기도록 하고 기를 받은 곳은 또 다른 곳으로 보내고 마지막에는 우주의 특정 부분 즉 조물주의 단전으로 들어가도록 함으로써 모든 것이 정화되도록 되어 있다.

이 기는 일정한 통로를 통하여 흐르도록 되어 있으며 그물처럼 짜여 있어 우주의 어느 곳도 이 망(網)에서 빠져나갈 수 없도록 되어 있다. 이 망은 모든 파장까지 인식할 수 있도록 되어 있으며 이 파장의 인식은 우주 전체의 밸런스를 유지하는 기능을 한다.

조물주가 이 별들을 창조하고 나서 그 별들에 존재할 기적 산출물을 배치하였는바 무생물을 창조하고 나서 식물을 창조하고 그 다음에 동물을 창조하였으며, 동물 창조의 마지막 과정에 인간이 창조된 것은 조물주의 판단에 의한 진화의 스케줄이다.

이러한 모든 것을 이 우주의 산지 사방에 시차를 두고 창조하였는바 그중 가장 중요한 부분이 인간류이다.

조물주가 인간을 창조한 목적은 바로 우주의 발전 과정에서 스스로 동참하고 노력할 수 있는 각 분야의 조력자들을 만들어 내고자 함이었다. 인간보다 더욱 진화된 생물체의 제작도 가능하나 이러한 생물체의 제작은 조물주의 입장에서도 상당한 노력을 필요로 하는 부분이다.

인간이 겪고 있는 모든 변수가 설계도에 입력되어 있으며 이 변수 중에는 조물주를 도와 우주의 본체에 진입함으로써 자신이 스스로 진화하고 우주의 진화에 동참할 수 있는 부분까지도 입력되어 있는 것이다.

바로 이 부분이 결정적으로 인간이 우주화할 수 있는 가능성을 열어놓은 부분이며, 이 부분을 찾아내느냐, 못 찾아내느냐에 따라 인간이 우주화할 수 있느냐, 아니냐가 달려 있다.

현재 인간들이 노력하고 있는 유전자 프로젝트는 조물주의 설계도에 접근하려는 노력이며 이 노력의 결과에 따라 조물주의 뜻을 어느 정도는 파악할 수 있을 것이다.

지구창조 목적

"선계가 지구에 수선재의 문을 연 것은 지구로서는, 500억 년만에 처음 맞이하는 기회이다."

생물성은 등급이 높은 별들이다. 전체 10등급 중 7등급 이상이 지능이 있는 생물체가 거주하는 별이며, 이러한 별들은 무생물성에 비하여 다양한 요소로 구성되어 있다. 이 구성 요소 중 가장 중요한 것이 바로 기(氣)에 생명을 불어넣는 기운으로서 일명 생기(生氣)이다.

아무리 물(物)이 많이 있어도 이것에 생기가 불어넣어지지 않는다면 단순히 물(物)일 뿐이며 이것에 생기가 불어넣어짐으로 인하여 생물이 되는 것이다. 이러한 생물은 처음에는 단순한 세포 하나에서 시작되나 생기의 존재량에 의해 점차 진화를 거듭하면서 동물로, 인간으로 진화되어 가는 것이다.

이러한 과정에서 수백억 년이 걸린다. 수백억 년이 긴 시간으로 생각될 것이나 빅뱅(Big Bang)이 우주의 입장에서는 한순간의 불꽃놀이와 같음을 안다면, 한 개의 세포가 발아되어 영장류로 성장하기까지의 수백억 년은 불꽃놀이의 불가루 하나가 타는 시간과 같으니 조물주의 입장에서는 한순간에 만들어 내는 것과 다름없는 것이다.

이러한 과정에서 생물성의 배치는 이미 기를 분배할 당시에 조정된 것이며 이 기적인 상태 여하에 따라 발전 정도가 정해지게 되는 것이다.

별에도 등급이 있어 1~4등급까지는 무생물성으로서 생기가 전혀 없는 별이며 5~6등급은 생기가 있기는 하나 잠재되어 있어 생기의 보따리를 풀지 않은 별이고, 7등급 이상은 생기가 있어 물(物)만 있으면 생물이 탄생 가능한 별이다.

이러한 생물체가 탄생하여 거주한다고 해도 7~9등급성에서 존재하는 것이며, 10등급성은 선인(仙人)들이 거주하는 곳이다. 이 별은 모든 조건을 완벽하게 갖추고 있으며 인근 성단의 생기 배분 기능과 별 간의 기능 조정 역할을 하는 곳이다.

9단계에 가면 모든 기적 요소가 없는 것이 없으며 여기에 거주하는 인류들은 이미 신의 영역에 거의 다가간 존재들로서 인간들이 신의 영역이라고 생각하는 부분이 일부 가능하다.

헤로도토스는 9.6등급성이며 헤드로포보스는 9.2등급성이다. 북극성은 8.6등급성이며 안드로메다 성운 내에는 8등급성이 8개 정도 있다. 이러한 별무리 중에는 고난도의 수련을 할 수 있는 별들이 혼합되어 있다. 군에 비유한다면 특수 부대 훈련장 같은 곳으로서 이러한 과정을 수료하고 나면 이후의 과정에서 특혜를 받는 것과 같은 것이다.

현재 지구는 7.8등급성이나 생기의 배치가 8.9등급과 같아 9등급성에 육박할 정도로 생기가 센 속성수련성(速性修鍊星)이며 따라서 많은 선인들이 이용하는 곳이다. 속성수련성은 난이도 높은 문제들이 출제되는 곳이며, 인간의 기준으로 본다면 도박판과 같은 성격이 일부 존재하는 곳이나 모든 것이 정법으로 풀리는 곳이므로 다른 여지가 없다.

지구에 생기가 많이 배치된 이유는 특수 부대의 경우 매일 특식이 나오는 것에 비유할 수 있는 것이다.

다른 성단에도 역시 지구와 같은 별이 많이 있다. 이러한 별들은 대부분 등급은 달라도 초등학교, 중학교, 고등학교와 대학교에 비유할 수 있으며, 각기 임무가 다르고 중요성이 있으므로 동일한 기준으로 설명할 수는 없는 것이다.

지구는 상당한 난이도를 지녔으며 이 별에서 문제를 정확히 푼다면 8등성 이상의 별로 승격이 가능함은 물론 10등성으로도 승격이 가능하다. 10등성은 물론 전원이 선인들이나 9등성만 해도 선인이 아닌 고급 수련생들이 공존하는 곳이므로 이러한 별로 승격한다는 것은 그것만으로도 상당한 진전이라고 할 수 있다.

허나 수선인(樹仙人)들의 경우에는 전원이 헤로도토스나 헤드로포보스의 단계를 뛰어넘어 10등성으로 감을 목표로 하여야 하며, 잠시 쉬었다 간다고 하였을 때라도 8등성이나 9등성으로 가도록 목표를 설정하여야 한다.

우주에서 이러한 생기 등급이 높은 별은 상당한 혜택을 받은 곳이라고 할 수 있으며 이 정도의 별에서 태어난 것만 해도 우주 전체로 보아 운이 좋은 것이라고 할 수 있다.

대학에 입학하여 수학하지 않으면 절대로 대학생활의 전체를 알 수 없다. 대학 내에 근무하는 직원들이라고 해도 직접 대학생은 아닌 것이다. 수련생이 되어야 대학생이 되는 것과 같다.

한번 시기가 지나가면 그것으로 자신이 가지고 있던 티켓의 유효기간이 지난 것과 같다. 유급은 다시 기회가 없음과도 같은 것이니 일단 입학한 이상 졸업을 목표로 매진하여 선인모(仙人帽)를 쓰도록 하라.

선계는 수백억 년에 한 번 정도 수련을 위해 창조된 별에 집중적으로 기운을 보내어 우주의 진화에 동참할 다수의 선인을 만들어내고 있으며 금번은 지구가 맞은 기회이다.

선계가 지구에 수선재의 문을 연 것은 조물주의 스케줄에 의한 것이며 우주의 나이로 보면 5백억 년만에 있는, 지구로서는 처음 맞이하는 기회이다.

명심토록 하라.

만물창조에 대하여

"모래 한 알에도 반드시 우주의 깊은 뜻이 숨어 있으며, 이것을 알면 우주를 알 수 있다."

만물은 어느 곳이든 사용할 목적이 있고서야 창조된다. 용처가 없는 것은 창조되지 않으며 창조된 것은 반드시 용처가 있는 것이다. 모래 한 알과 먼지 한 알에도 반드시 우주의 깊은 뜻이 숨어 있는 것이며, 이것을 알면 우주를 알 수 있는 것이다.

한 집안의 자제들을 보면 그 집안의 내력을 알 수 있는 것과 같이 우주는 모든 것이 연결되어 있는 것이며 이 연결된 맥을 짚으면 우주의 모든 것을 파악할 수 있다. 이 연결고리가 바로 파장이다.

만물이 창조될 때는 모든 것이 조물주의 뜻에 의해 창조되는 것이나 그 과정은 단계별로 각기 다를 수 있다. 조물주가 직접 창조하는 것이 있으며 그 아래에 위치하는 각 선인들이 창조하는 것이 있고, 우주의 시스템에 의해 자동으로 생성되는 것이 있다. 그러나 이 모든 것이 조물주의 뜻에 의해 이루어진다.

각 선인들 역시 조물주를 대표하고 조물주의 일부를 이루고 있으면서도 조물주의 뜻으로 움직이고 있으며, 따라서 조물주와 하나이면서도 각개의 의사를 가진 개체인 것이다. 즉 조물주라는 집단적 개체의 의사로 움직이되 모든 의사결정은 그 전체의 뜻에 따라 이루어지는 것이다.

각 선인들은 조물주의 파장으로 구성되어 하나의 뜻으로 움직이나 각개의 재량이 있는 부분이 있어 그 나름대로의 영역을 확보하고 있는 것이다.

이러한 공동적 개체는 인간 사회에서도 일부 형태를 알아볼 수 있는바 대통령이 국가를 대표하나 그 업무는 각 부 장관이 담당하는 것이며, 군에서도 사단장이 사단을 대표하나 그 세부적인 업무는 각 참모들이 수행하는 것과 유사한 것이다.

조물주와 인간의 시스템에 있어 차이는 조물주는 전체를 하나로 묶은 시스템이며 그 구성요소는 나름대로의 기능이 있는 것이나 '완벽한 하나' 라고 할 수 있다. 인간의 시스템보다 훨씬 밀접한 관련을 가지고 있는 것이 조물주의 시스템이며 이 시스템에는 하나의 빈틈도 없어 어느 곳으로도 새어 나갈 곳이 없는 것이다.

조물주는 살아 움직이는 하나의 단일 구성요소이면서도 각 구성요소들이 결집한 하나의 의사결정체인 단일 구조 속의 이중 구조적 시스템이다.

선인은 이러한 조물주의 일부이자 본체와 직결된 의사결정체이며 따라서 선인의 의사가 조물주의 의사인 것이다. 따라서 조물주가 어떠한 물건을 창조하는 것은 바로 선인이 창조하는 것과 같으며 그 물건의 필요성이 우주에서 입증됨으로 인하여 창조된 것이다.

별을 창조하는 것은 우주의 개체로서 조물주의 반열에 들 수 있는 능력이 있는가를 시험받는 단계이며 이것은 조물주의 이름으로 대표된다. 제성(製星)은 우주의 본체가 그 능력을 인정하는 가장 초기 단계이다. 따라서 제성 선인이 되고서야 본격적인 선인의 반열에 드는 것이다.

이 우주에는 작은 풀 한 포기, 돌 하나에도 조물주의 뜻이 스며있지 않은 것이 없으나 창조 과정만 각 선인들에 의하거나 시스템에 의해 이루어지는 것이다.

즉 만물의 제조일정과 설계도가 이미 조물주에 의해 작성되어 있으며 만물은 그 설계에 의해 자동적으로 움직여 나가도록 되어 있는 것이다. 이 모든 과정에 불필요한 것이 개입될 여지가 전혀 없으며 천만 분의 일의 오차도 허용되지 않는 것이다.

모든 동식물의 유전자는 나름대로의 특성을 가지고 있는 것이며, 이 특성은 각 무생물에서 받아들여 이루어지도록 되어 있는 것이니 이것이 다시 무생물로 돌아가는 순환시스템 역시 우주의 원리로 구성되어 있는 것이다. 창조는 소멸과 연관되어 모든 것이 완벽히 재생되는 것 역시 우주의 원리이다.

조물주님은 누구이며, 누가 창조하였는가?

"조물주는 우주 그 자체이다."

조물주는 한 분이며 이 한 분의 의사를 표현하는 개체는 수없이 많다. 이들은 각 선인들 및 수련생들로서 각각의 영역에서 모든 임무를 수행하고 있으며 이러한 임무 중의 중요한 부분이 선인들에 의해 이루어지고 있다. 조물주는 우주의 전부이며, 선인들은 우주의 일부이다. 즉 선인들은 우주를 구성하고 있는 요소이자 그 자체가 우주의 일부인 것이다.

우주란 그 기능이 복잡하고 다단하며 선인이라고 하여도 하급일 경우에는 우주의 전부를 알 수 없을 만큼 넓다. 6등급 이상이 되어야 우주의 전체 구조를 대강 알 수 있을 정도이며 8등급 이상 되면 대부분 이해를 하고 9등급이 되면 전체를 알게 된다.

모든 별들 역시 우주의 일부이기는 하나 우주에서 주도적으로 업무를 처리해 나가는 분은 조물주이며 이 조물주의 뜻을 받들어 각기 역할을 수행하는 것이 선인들의 임무이다.

이 방향에서 일하는 분들이 우주의 주체이다. 지구나 동식물, 인간 등의 경우는 주체적인 위치가 아니라 객체적인 입장에서 조물주의 통제

하에 입력된 기능을 수행하는 것이며, 주관적인 입장에 서 있지 못하므로 주어진 범위를 벗어날 수 없다. 따라서 우주의 일부를 구성하고 있으면서도 객체라고 할 수 있다.

국가 기능으로 보면, 같은 나라의 구성원이면서도 대통령, 각 부 장관 등이 정책을 결정하고 이를 집행하고 있으며 국민이 이를 따르는 것과 같다. 나라의 주인을 국민으로 모시는 것은 국민의 뜻을 정확히 읽고 이들이 편안한 삶을 보낼 수 있도록 하자는 것인바, 대개의 지도층들이 이러한 것을 자의적으로 해석하고 악용하여 국민을 우롱한 경우가 있어 왔으나 이러한 것들은 지구에서나 가능한 일이다. 지구는 다소간의 역량의 차이는 있으나 외면상 동일한 인간들끼리의 집단이므로 형평성의 원칙이 적용되는 것이다.

그러나 우주란 넘어설 수 없는 장벽이 존재함으로써 이러한 형평성이 제기될 여지가 없다. 이는 차이로서 존재하며 이 차이를 극복하는 방법은 우주의 본체로 진입하는 방법밖에 없는 것이다.

수련의 이유는 본체로의 진입이며 이것만이 인간으로서 고해에서의 짧디짧은 한평생을 더없이 값지게 보낸 것에 대한 보람인 것이다.

조물주는 우주 그 자체이다. 우주란 원래 기(氣)적인 상태로 존재하였으며 이러한 것은 누가 만든 것이 아닌 자연발생적인 것이다(진화론).

무(無)에서 출발한 기(氣)는 점차 무(無)가 소량의 미립자 상태로 변하면서 어떠한 특성을 띠게 되었으며 이 특성을 가진 미립자가 동일하거나 상이한 미립자끼리 밀고 당기며 뭉치고 흩어지는 힘이 작용하면서 기적인 진화가 이루어졌고, 이 기적인 상태가 점차 진화하여 일정한 의사를 가지게 되었으며 나름대로 어떠한 룰(rule)을 가진 조물주가 탄생한 것이다.

수조 년에 걸친 진화의 결과이다. 원래 공간은 무(無)이자 공(空)이었으며 이 공간에서 기적 변화에 의한 진화의 결과가 바로 조물주이며 다시 조물주의 뜻에 의해 우주가 만들어진 것이다.

따라서 조물주의 고향은 무(無)이자 공(空)이며, 이 조물주의 고향을 찾아 들어가려는 노력이 인간을 비롯한 다양한 고등생물체에 의해 이루어져 왔다.

조물주 역시 무(無)이자 공(空)인 고향을 그리는 마음이 항상 내재하고 있으며 이러한 뜻을 이어받은 고등생물체들이 무(無)와 공(空)을 익혔을 경우 자신의 대열에 포함시킴으로써 우주의 진화에 동참하여 자신의 역할을 수행할 수 있도록 하고 있는바, 이들이 바로 선인(仙人)이며 선인이 우주의 일부를 구성하고 있는 이유이기도 하다.

인간창조에 대하여 1

"조물주가 창조하면서 가장 고민한 대상이 바로 인간이다."

우주 만물의 모든 것은 조물주의 작품이다. 어느 것 하나 조물주의 손이 가지 않은 것이 없으며 조물주가 만들지 않은 것이 없다. 모든 정보는 조물주에게 보관되어 있으며, 인간의 경우에는 이것이 바로 명부(命簿)이다. 명부에는 인간이 겪어야 할 모든 것들이 프로그래밍되어 있으며 이 프로그램에 의해 인간의 일이 진행된다.

동식물과 무생물의 경우에도 이러한 것이 있으며 이러한 정보는 각기 필요한 장소에 보관되어 있다. 조물주의 뜻을 받들어 각개 선인들이 제작하였다고 해도 역시 조물주의 작업 결과이다. 인간이 수련으로 천기와 연결되면서 조물주의 본체와 기가 유통되면 서서히 명부의 제약 조건이 풀리게 된다.

명부전(命簿殿)은 조물주의 서고(書庫)이므로 명부전을 관할하는 선인이 조물주와 동일한 반열에 도달한 기체(氣體)에게만 개방을 하는바, 수련으로 천기를 받아 대주천이 된 후 지속적인 수련으로 우아일체(宇我一體)가 되면 개방을 해도 무방한 까닭이다.

예전에 선배 선인들이 인간의 명을 늘렸다느니 하는 일이 바로 여기에서 가능한 것이나 이러한 일은 함부로 하면 하늘의 질서를 어지럽히고, 따라서 극히 원칙적으로 운영하여야 하며 하늘의 질서에 위반하였을 경우 엄청난 처벌을 받을 수도 있는 것이다.

조물주가 창조하면서 가장 고민한 대상이 바로 인간이다. 그 중에서도 인간의 형상을 어떻게 할 것인가와 인간의 기능을 어떻게 할 것인가에 대하여서이다.

조물주는 우주의 속성(屬性)으로 진화시키기 위하여 다양한 개체를 준비하였으며, 이 우주의 진화는 자신의 진화와 직결되어 있고, 자신의 진화가 우주의 진화에 연결되어 있으므로 모든 것이 진화에 도움이 되도록 하기 위하여 노력하였다.

이 과정에서 조물주는 다양한 생태 서클(circle)을 구성하였으며 이 서클을 구성하고 있는 것이 바로 물질(무기물, 공기, 물 등) → 식물 → 동물 → 인간 → 무기물의 순서로 순환하면서 이러한 순환 사이클을 이용하여 스스로 진화하도록 한 것이다.

따라서 위에서 보면 동일한 원을 그리고 있는 것 같으나 옆에서 보면 스프링을 타고 올라가는 것과 같은 진화의 서클(circle)을 그리고 있는 것이다. 식물도 진화하고 있으며 동물도 진화하고 있고, 다른 모든 것들이 진화하도록 되어 있다.

우주 자체가 진화하는 목적은 우주 본래의 모습으로, 즉 공(空)과 무(無)로 돌아가기 위한 것이다. 이 순환 서클(circle)의 마지막 과정은 바로 무(無)에의 귀착이다.

이러한 과정을 밟아나가는 과정에서 가장 큰 역할을 할 수 있는 것이 생기(生氣)를 받아 자신의 영역을 넓히고 그 영역 내에서 자신의 의지를 관철시킬 수 있는 의사결정체인 영장류(靈長類)이며 이 영장류의 창조는 조물주의 능력으로도 손쉬운 일은 아니었다.

조물주는 형상이 없으며 그 의식만 살아 있어 어느 것으로도 나타날 수 있다. 인간의 경우에는 인간과의 친화도를 고려하여 인간과 유사한 모습으로 나타날 수도 있으나 다른 별에 있는 영장류의 앞에는 그들과 유사한 모습으로 나타나기도 하는 것이다.

인간은 피창조물임에도 불구하고 영적인 부분의 발달로 인하여 자신의 길에서조차 벗어나 신의 반열 및 그 이상의 조물주의 반열에도 동참할 수 있는 것이다.

수련이다. 수련으로 가능한 것이다.

인간창조에 대하여 2

– 인간은 전부 조물주의 작품인지요?

본래의 인간은 조물주의 작품이다. 조물주의 경우 인간 외에도 다른 모든 것들을 창조하였다. 우주인들이나 선인들이 창조하였다고 하는 것들까지도 조물주의 작품이라고 보면 된다.

선인들 역시 생물을 창조할 수는 있으나 인간을 창조할 수는 없으며, 우주인들은 상당한 정도에 달해도 동물 정도를 만들 수 있을 뿐 인간의 경우는 부분적으로 개량시킬 수는 있으나 창조할 수는 없다.

예를 들면 차량을 만들 수 있는 것은 자동차 제조회사이나 개조할 수 있는 것이 카센터인 것처럼, 인간을 만들 수 있는 것은 조물주이며 개조할 수 있는 것은 우주인인 것과 같다. 허나 일부에 한하여 개조가 가능하며, 전체적인 개조는 불가하다.

– 인간은 원래 불완전하게 창조되었는지요, 아니면 도중에 타락하였는지요?

인간은 원래 불완전하게 창조되었다. 불완전이라 함은 덜 채워진 부분이 있다는 것이며 이 덜 채워짐이 바로 인간의 변수인 것이다. 이 불완전한 부분을 어떻게 채울 것인가 하는 것이 바로 인간의 행운이다.

조물주가 만든 것 중 가장 완벽한 것은 바로 조물주 자신이다. 자신을 제외한 어떠한 것도 얼마나 부족한가의 차이일 뿐 완벽한 것은 없다. 지구인보다 많이 앞선 우주인들의 경우 수련이나 시간의 경과에 의하여 진화를 거듭한 결과에 의한 것이며 원래 완벽에 가깝게 창조된 것은 아니다.

우주에는 모든 창조물의 불완전함을 보완할 수 있는 기운이 항시 기선(氣線)을 따라 이동하고 있으며 이러한 기회에 비워진 곳을 얼마나 채울 수 있는가 하는 것은 해당 피조물의 역량이다.

조물주가 주고 싶어도 받아서 담을 곳이 없다면 끝없이 타락할 수 있다. 타락할 것인가 아닌가는 본인의 업과 현생의 수련으로 인한 본인의 정신세계의 등급에 의해 결정된다.

많이 비우고 하늘 기운으로 많이 채울수록 가벼운 마음가짐이 되므로 상향 이동이 되어 맑은 기운을 많이 받을 수 있으나 많이 비우지 않는다면 그 자체의 무게로 더 이상 올라갈 수가 없는 것이다.

2장
아주 특별한 별, 지구

태초에 생명의 씨앗을 뿌리다(환인 선인과의 대화)

"지구의 생명체가 인간으로 진화한 정확한 전환점은 한 마리의 유인원이 우주의 파장을 받으면서부터입니다."

– 선계는 무슨 이유로 지구에 인간의 씨앗을 뿌렸는지요?

선계란 지구만을 대상으로 하는 것이 아니며, 지구에만 씨앗을 뿌린 것도 아닙니다. 지구는 생명체가 성장하기에 적합한 환경을 갖춘 별로서 이 별을 통하여 하는 일이 있고 다른 별을 통하여 하는 일이 있습니다.

우주에는 지구와 같은 별들이 많이 있으며 이 별들이 상호간에 교류를 하면서 문명을 발전시키는 경우도 있습니다.

아직 지구의 문명이 일천(日淺)하여 우주에서 상호간에 의사를 교류할 수 있는 단계에 가 있지 못하므로 은하나 성단, 별 간의 교류가 불가능하나 앞으로 가능하게 되면 수많은 다른 별의 문명체들과 접촉이 가능할 것입니다. 지금도 지구인이 의사소통 능력이 없어 그러한 것이지 타별에서는 지구를 관찰하고 있으며 일부는 의사소통을 하고 있습니다.

그러나 우주에서 상급 선인들과의 의사소통은 기계문명으로는 불가능하며 그들 역시 평범한 상태에서 가동되는 정도의 정신력의 에너지를 이용하고 있습니다. 텔레비전, 라디오 등의 방송과 전화, 신문, 잡지 등 의사소통에 사용되는 에너지가 너무 많은 것은 문명의 발전 과정에서 한 번은 겪어야 할 일입니다.

현재 지구는 의사소통에서까지 많은 에너지를 사용하는 수준이며, 이 수준에서는 선계와 수준 있는 대화가 불가능합니다. 선계의 대화는 파장이며, 이 파장은 아직 지구의 물질문명으로는 받을 수 없습니다.

다만 정신문명으로 받을 수 있는바 선인들의 파장을 알아야 하며, 이 파장을 알고 나서도 파장을 읽을 줄 알아야 하고, 그 다음에는 이 파장을 몸으로 표현할 줄 알아야 하는 것입니다.

이러한 모든 조건이 성숙되어 우주의 진화에 기여하는 것이며, 지구에 씨앗을 뿌린 것은 바로 우주의 진화에 동참할 수 있는 개체를 증식시키기 위한 것입니다. 지구는 육신을 가진 영체가 수련을 하기에 아주 적합한 환경을 가진 별로서, 생명체가 거주할 수 있는 별은 많아도 이 정도의 난이도 높은 문제를 출제할 수 있는 별은 흔치 않습니다.

– 지구에 인간의 씨앗을 뿌린 역사는 얼마나 되었는지요?

수백억 년 전입니다. 바로 인간의 씨앗을 뿌린 것이 아니며 생명의 씨앗을 뿌린 것이 점차 진화를 거듭해가며 인간이 된 것입니다. 따라서 세포 단계로 보면 수백억 년 전이라고 할 수 있습니다.

처음에는 뿌려 놓고 뿌린 사실을 잊은 적도 있었으며(무작위로 파종을 하므로 반드시 기억하는 것은 아니다.) 그 뿌린 별이 너무 많아 미처 거두지 못한 적도 많았습니다.

초기의 선계 역시 세팅(setting) 중에 해당 별에서 다소 시행착오가 있었으며 그 와중에서 성공적으로 파종되어 발아한 곳이 바로 지구입니다. 이 시행착오는 우주의 원리상 일부가 정상적인 오차로 인정되는 범위 내의 것입니다. 지구의 인간들이 각종 불의의 사고를 당하는 등으로 운명이 바뀌는 것 역시 오차의 범주에 드는 것입니다.

지구의 생명체가 인간으로 진화한 정확한 전환점은 한 마리의 유인원이 우주의 파장을 받으면서부터입니다. 이 때가 8백만 년 전쯤이라고 볼 수 있습니다.

이 유인원은 밤하늘의 별을 쳐다보다가 우주의 파장을 받게 되었으며 매일 밤하늘을 바라보고 우주의 파장을 받는 것이 일과가 되었고, 그 파장

을 동료들에게 전달하면서 나름대로 조직체계가 서게 되고 우주의 법리
(法理)를 지상에 펴기 시작하였습니다.

동이족, 인류의 시원(환인 선인과의 대화)

"동이족은 원래 파장을 받을 수 있는 가능성이 가장 많은 종족입니다."

– 태초의 지구 인간은 누구이며, 동이족은 선계에서 어떤 위치에 있는 지요?

태초의 지구 인간은 따로 있는 것이 아닙니다. 다양한 인류 가운데서 진화한 것이며, 진화의 정도가 인간의 단계에 이른 것 역시 상당한 시 간을 요한 것입니다.

인간 정도의 생물이 진화되기 위해서는 수백만 년의 세월이 필요한 것 이며, 이 세월은 우주의 시간으로 보면 짧은 것이나 지상에서 수십 년 의 생명을 가진 인간의 입장에서 볼 때는 상상이 되지 않을 정도로 긴 시간입니다.

동이족은 원래 파장을 받을 수 있는 가능성이 가장 많은 종족으로서 영적인 진화가 빨라 선계 진입을 한 선인이 많았습니다. 다양한 분야 에서 선계에 진입하였으며, 이러한 선인들이 다양한 파장을 내려보내 줌으로 인하여 상승 효과를 거두고 있는 것입니다.

선계에는 지구 출신의 인류와 타 별 출신의 인류가 혼재하는바 이곳에 오면 일정 단계 이상이므로 어느 별 출신인가에 대한 표면적인 구별은 없습니다. 허나 자신이 수련을 하고 귀계(歸界)하였으므로 그 별에 대한 애정이 각별한 경우가 많습니다.

지구는 특별히 고생을 많이 하는 별 중의 하나이므로 이 별에서 수련을 한 선인들의 경우 전선에서 생사고락을 함께 한 전우와 같이 지구에 대하여 각별한 애정을 가지고 있는 경우가 많습니다. 따라서 상호간에 파장을 교류하고 있으며 이러한 관심이 지구를 난이도는 높으나 수련하기에는 좋은 별로 만들고 있는 것입니다.

선계에는 수백만 개의 수련별이 있으며 이 중 지구를 한 번이라도 다녀간 선인이 약 1.3%에 육박합니다. 이 중 동이족으로 다녀간 선인은 지구 역사상 현재까지 살았던 소수민족까지 포함한 3만여 종족 중의 약 40%로서 많은 편입니다.

– 동이족의 역사는 어떻게 되는지요?

동이족은 아시아의 중앙 지역에서 출현한 인류의 시원(始原)이라고 할 수 있습니다. 동이족이라고 불린 것은 근래의 일이었으며 최초에는 모두 인간이었습니다. 지구의 환경이 고등생물의 진화에 적합한 상태이다 보니 지구의 여기 저기에서 고등생물이 나타나게 되었으며 이들의 유형이 각각의 지형과 기후 풍토에 따라 다르게 되었습니다.

인류의 시원이 각기 물질 방향으로 발달한 경우와 정신 쪽으로 발달한 경우가 있었는바 서양은 물질문명 쪽으로, 동양은 정신문명 쪽으로 발달하였습니다. 서양이 물질문명화한 이유는 신체적 우위를 통한 목표 달성이 비교적 쉬웠으므로 물질적인 방향으로 흘러간 것입니다.

동양의 경우 신체적 열세를 두뇌를 활용하여 해결하는 방향으로 발전한 것입니다. 이 양자는 물질의 경우 기록문화를 남겼으나 정신의 경우 정신을 통하여 즉시 습득이 가능하므로 비교적 기록이 적은 결과를 초래하였습니다. 허나 기록이 없음은 전혀 다른 방법으로 진화를 할 수 있는 의외의 가능성을 열어 놓음으로써 도약이 가능한 기반이 되었습니다.

동이족은 우랄 산맥 이남의 광대한 지역을 기반으로 남북으로 확산되었으며 아주 덥거나 아주 추운 지역을 제외한 지역에서 문명을 이룩하였습니다. 현재 아시아의 몽고, 중국 북부, 러시아 일부, 한국 등이 동이족이 거주하고 있는 곳입니다.

물질적으로는 비교적 둔감하나 정신적으로는 언제든지 폭발할 수 있는 잠재력이 있어 불길을 제대로 당긴다면 엄청난 폭발력으로 인류문명의 진화에 결정적 역할을 할 것입니다.

또 하나의 수련별, 헤로도토스(환인 선인과의 대화)

"헤로도토스는 지구의 수련생들이 지구를 떠나는 수련 과정에서 태양계를 벗어난 다음 별로 선택하기에 가장 좋은 별입니다."

– 지구의 지도층은 주로 헤로도토스인이라고 하는데 동이족은 헤로도토스와 어떤 관계인지요?

헤로도토스는 현재의 인간이 따라갈 수 없을 만큼 앞선 문명을 보유하고 있는 집단입니다. 인간이 한 걸음 가면 백 걸음 이상을 갈 수 있으므로 인간의 시간으로 어느 정도 앞서 있다는 것은 의미가 없습니다.

동이족의 선배 가운데에는 현재 헤로도토스에 가 있는 선인이 많이 있습니다. 정신 수련으로 사속(思速)의 단계에 들면 수억 년의 시간을 일시에 단축할 수 있어 이러한 것이 가능한 것입니다. 수선재의 수련생들도 수련이 진전되어 사속의 단계에 들면 현재의 자신이 상상할 수 없는 속도로 우주 전체를 돌아볼 수 있습니다.

이 우주에는 다양한 문명을 가진 인류들이 있어 한 별에서 깨우치지 못하였을 경우 전학하여 공부하듯이 다른 별에서 공부할 수 있는 기회가 주어지기도 합니다. 지구에서 공부하고 나서 헤로도토스에서 공부하기도 하며 다른 별로 가기도 합니다.

헤로도토스에는 동이족과 밀접한 관련을 가진 여러 급의 선인들이 있습니다. 헤로도토스의 파장은 지구인의 파장과 가장 유사한 파장이며, 이들의 파장은 지구인들이 받아들이기에 가장 편안한 파장입니다.

허나 아주 미세한 파장이므로 이들의 파장을 받아들일 정도가 되려면 호흡이 알파 파장대로 들어가서 30분 이상을 견딜 수 있어야 합니다. 알파의 속도는 사속의 30%까지 낼 수 있는바 이 속도만 가지고도 혼자 우주의 여기저기를 돌아보는 데는 지장이 없습니다.

일정한 파장을 내고 그 파장으로 우주를 돌아본 후에 그 기억을 가지고 현재의 자신으로 돌아오는 데는 30분 이상 일정한 파장을 발산하여 견딜 수 있는 시간이 필요한 것입니다.

헤로도토스까지 가는 데 필요한 사속을 발산하려면 수련생이 일정 궤도에 올랐을 경우에도 상당히 어려운 것입니다. 5분 이상 호흡을 고르고 서서히 출발하여 20여 분 정도 후에야 헤로도토스가 보이며 이 별이 보이고 난 후 자신이 돌아볼 수 있는 곳을 찾아 들어가기까지 다시 꽤 오랜 시간을 요합니다.

헤로도토스를 식별하는 법은 머나먼 우주를 향해 나아가다 보면 또 하나의 지구와 같은 별이 보이는 것입니다. 이 별에서 전혀 무공해의 공기와 무공해의 자연이 느껴지면 이 곳이 헤로도토스인가 자신에게 가만히 문의해 보면 알 수 있습니다.

확신이 서지 않으면 그 별에 내려앉지 않을 것을 권합니다. 잘못 내리면 기(氣)적인 상처를 받을 수 있습니다. 헤로도토스는 지구에서 수련하는 수련생들이 지구를 떠나는 수련 과정에서 태양계를 벗어난 다음 별로 선택하기에 가장 좋은 별입니다.

* 헤로도토스는 우주의 정점에 있는 별로서(지구가 속한 소우주에서의 북극성과 같은 역할이다.) 안드로메다 성운 내에 있습니다. 우주에서 가장 영력이 높은 별이며, 모든 구성요건이 완벽하게 조화를 이루고 있는 기(氣)적인 인공별입니다.

천강 선인과 환인 선인

"천강 선인은 선계 최고등급으로서 모든 선인들에게 영향을 미칠 수 있다."

우주에는 다양한 선인들이 나름대로의 영역에서 활동하고 계시다. 이 분들이 상호간에 공동적으로 하시는 일이 있고, 독자적으로 하시는 일이 있는바, 천강과 환인은 상당히 가까운 거리에서 함께 하시는 일이 많으신 분들이다.

천강은 선계 최고등급으로서 모든 선인들에게 영향을 미칠 수 있으나 우주의 일이란 것은 인간계의 일과 달리 모든 것이 자율적으로 시행되도록 세팅(setting)되어 있어 등급의 차이에도 불구하고 상호간에 영향을 미칠 일이 별로 없다.

그러나 조절의 필요성이 대두되었을 때에는 상급 선인의 의사가 절대적으로 영향을 미치며 이들이 주도하여 가도록 되어 있다. 허나 이러한 경우는 수만 내지 수십만 년에 한 번 정도 있을 수 있는 일이다.

천강과 환인은 상호간에 수백만 년을 함께 한 인연으로서 선후배와 같은 사이이나 일부 사제지간과 같은 관계이며 천강이 훨씬 선배이다. 환인은 천강에 비하면 거의 조카뻘 되는 정도의 항렬로서 동 열에 앉기가 거북할 정도의 연배 차이가 존재하는 사이이다.

상호간에 하는 일 역시 천강이 고공정찰기 정도의 역할이라면 환인은 급강하 폭격기에 비유할 수 있을 만큼 업무가 다르다. 따라서 천강은 특별한 일이 아니면 지상에 직접 영향을 미치는 경우가 없으나 환인은 수천 년에서 일만 년에 한 번 정도 영향을 미치는 경우가 있다.

금번 문 선생이 천강과 인연이 된 것은 수련의 정도가 사속(思速)의 200% 단계에서 안정적인 운영이 가능할 만큼 상승하여 환인 선인의 수준을 능가하여 상승한 까닭이다. 인간이 독학으로 이러한 성과를 거두는 것은 상당히 드문 일이며, 따라서 수백 단계의 검증을 거쳐 천강 선인의 문하생으로 거두어 살피고 있는 것이다.

문 선생은 현재 사속의 500% 이상 1,000%까지 가능하며 어떠한 우주라도 실시간으로 탐색이 가능하다. 천강 선인의 경우 시공을 초월하여 이미 사속이 의미가 없는 단계이다.

– 두 선인께서는 동이족이신지요?

동이족이다. 두 선인 외에도 동이족을 거친 사람이 많이 있은즉 전에 동이족을 한 번이라도 겪어 본 사람은 동이족이라고 할 것이다. 00고등학교를 졸업한 사람은 00고등학교 졸업생이듯 동이족을 한번 겪어 본 선인은 모두 동이족인 것이다.

지구를 관장하는 최고 통치자

"지구는 우주에서 가장 오래 된 별 중의 하나로서 우리가 보는 바와는 다른 별이다."

우주에서 통치자라는 개념은 타당치 않다. 각 단위별로 관리자가 있을 뿐이다. 지구와 관련이 있는 관리자들은 등급별로 다양하다.

최상위는 물론 조물주이나 그 아래 은하계가 속해 있는 단위별로 관리자가 있는바 이러한 관리자들이 업무를 처리하는 관점은 자신이 관리하는 별들의 무리, 즉 성단, 은하계, 은하, 각 계, 각 별에서 조물주의 뜻에 어긋나는 일이 발생하는 경우는 없는가 하는 것이며, 이러한 일이 발생할 우려가 있을 경우 사전에 조치함으로써 전체 별들간의 기(氣)적 균형 상태를 지속하면서 각 개체가 진화하도록 하는 것이다.

성단은 은하계가 수백 개 이상 모인 것이며, 은하계는 은하가 수없이 많이 모인 것이다. 지구가 속한 은하는 우주에서 부르는 호칭으로 하면 '아루이 은하' 이다. 아루이란 뜻은 '항상 솟아오르는 샘물' 을 뜻하는 말로서 우주에서도 기운이 항상 솟아오르는 곳, 즉 타 성단과의 기운이 교류되는 곳이다. 아루이 은하는 이렇게 기운을 받아들여서 나누어주는 은하이다.

아루이 은하가 속한 곳은 아류 은하계이다. 아류 은하계는 '항상 빛이 비치고 있는 별'이라는 뜻이다. 아류 은하계와 같은 은하가 500여 개(항상 새로 생기고 사라지므로 숫자가 유동적이다.) 모여서 이루어진 성단은 마린 성단이다. 마린은 말 그대로 '바다'라는 뜻이다.

따라서 지구의 주소를 말하자면 '마린 성단, 아류 은하계, 아루이 은하, 태양계의 제 4성인 지구'이며, 위의 등급별로 관리 선인이 있다.

관리 선인을 보면, (이 때 네 분 선인이 저만치 앞에 나오셔서 한 줄로 서신다.) 모두 도포를 입고 계시며 가장 편안한 복장인 것 같다. 걸치고 허리띠만 두르면 된다. 전원 10등급이시며 따라서 수직적인 관계가 아닌 수평적인 관계이다.

마린 성단: 천단 선인(호칭을 하자 가벼이 인사를 하신다.), 180cm 정도의 키에 건장한 체구이며 온화하고 엄격한 성품이시다. 옛 고구려인이 아닌가 하니 아니라고 하신다.

아류 은하계: 아산 선인(〃), 167cm 정도의 키에 땅땅한 체구이며 빈틈 없는 업무 스타일이시다. 농담이 통하지 않을 정도로 엄한 표정이나 내부적으로는 따뜻한 분이시다.

아루이 은하: 목단 선인(〃), 173cm 정도의 키에 마른 체구이며 인상이 좋고, 편안한 스타일이시다. 다른 사람의 평에 신경 쓰지 않는 분이시다.

태양계: 관림 선인(허리까지 숙여서 인사를 하신다.), 165cm 정도의 키에 배가 나온 형상이시다. (이렇게 묘사하자 약간 어색하게 웃으시다가 손을 내저으시며 괜찮다고 하신다.)

인심이 후할 것으로 보이는 분도 사실은 모두 상벌이 엄격한 우주의 규율을 적용하고 계시다. 매일 붙어서 보는 관리가 아니라 인근에 계시면서 이상 유무를 살피시다가 조치하시는 편이므로 여유가 있으며 어떠한 조치를 함에 있어서도 가벼이 톡 치는 정도로 가능하다.

지구를 담당하는 선인은 '아스' 라는 선인이시다. 오랜 옛날 지구의 한 부분에서 태어나 지구의 일부로 존재하여 왔으며, 이 지구를 관리하여 왔다. 지구는 우주에서 가장 오래 된 별 중의 하나로서 우리가 보는 바와는 다른 별이다. 태양계의 다른 별보다 우수한 위치를 점하였다는 것은 지구의 수준이 그만큼 높다는 것을 의미한다.

지구를 관리하는 선인은 태양계를 사실상 지배하여 왔다. 지배한다는 것은 기운의 주된 보급을 할 수 있다는 뜻이다. 태양계에서 생물이 거주하고 있는 곳이 지구뿐이라는 것은 지구의 위치가 그만큼 우주에서도 서열이 높음을 의미한다. 생물은 자신의 파장을 마음으로 이용할 수 있는 단계에 가면 어떠한 방법도 가능하다고 할 수 있다. 이 가능하다는 것은 어떠한 일도 할 수 있음을 의미한다.

지구에서 태어나서 본성을 만날 수 있음 역시 이 지구의 역할이 그만큼 지대하다는 것을 말해주는 것이다. 좋은 학교를 졸업하면 취업이 잘 되는 것과 마찬가지로 지구에서 태어나서 수련을 하면 잘 깨달아지는 것은 같은 이치로 보면 된다.

지구를 관장하는 선인인 '아스'는 은하계의 서열로 보아서도 상당한 위치, 즉 조물주의 반열인 10등급에 올라 계시는 선인이시다. 외모는 작은 체격에 동안(童顔)이시며, 지구라는 극성스러운 별에 어울리지 않는 천진난만한 표정이시다.

천수체와 지수체(허준 선인과의 대화)

"천수체는 하늘에서 명을 결정하여 내려보낸 사람들로서 이들의 명은 하늘이 관장합니다."

– 허준 선인께서는 왜 의인(醫人)의 삶을 택하셨는지요?

인간의 삶에는 다양한 유형이 있습니다. 그 모든 직업이 전부 오행(五行) 중의 한 가지만 다루거나 아니면 주된 한 가지와 부수적인 여러 가지를 다루고 있습니다.

이 중 의인은 오행의 전부를 다룰 수 있는, 수련 과정 중에서 나름대로 품격 있고 그런 대로 대접을 받는 직업이었습니다. 그러나 이러한 모든 것 외에 가장 보람 있는 것은 중도에 떠나야 하는 생명을 구할 수 있다는 것이었습니다.

인간의 경우 예상치 않았던 사고로 떠나는 다양한 유형의 생명이 있습니다. 이러한 생명은 정상적인 치료만 한다면 상당히 생명을 연장시킬 수 있을 뿐만 아니라 타인에게 보람된 행동으로 보답을 하는 경우가 많이 있었습니다.

저는 이러한 생명의 연장으로 인한 인류의 복지향상은 의인 이외에는 할 수 없다고 생각하였으므로 의인의 길을 걷게 된 것입니다.

– 그랬었군요. 얼마나 많은 생명을 구하셨는지요?

간접적으로 구한 사람까지 포함하면 수천 명은 될 것입니다. 간접적으로 구한 사람이라 함은 제가 알려준 방법을 사용하여 병이 나은 사람을 말하는 것입니다.

사람은 항상 의외의 일로 생명을 잃을 수 있는 상황에 살고 있습니다. 이러한 사람들은 예기치 않았던 일로 생명을 포기하게 되므로 그러한 충격은 주변의 여러 사람에게까지 좋지 않은 영향을 주게 됩니다.

인간은 천수체(天壽體)와 지수체(地壽體)가 있습니다.

천수체는 하늘에서 명(命)을 결정하여 내려보낸 사람들로서 이들의 명은 하늘이 관장합니다. 이들은 천수인이며 하늘 기운으로 살게 됩니다. 그렇지 않은 사람들은 지수인이라고 하는바 이들은 지수가 정해져 있는 사람들로서 태어난 곳의 기운으로 생명을 받아 살아가게 됩니다.

천수인은 물론이거니와 지수인들도 자신의 명대로 살지 못하고 예기치 않게 생명을 포기 당하여야 하는 일이 생기는바 이러한 것을 우연이라고 합니다. 우연은 이승의 모든 인연을 천리(天理)인 것으로 가장하여 바꾸어 놓기도 하며, 인간들이 생각지 않았던 상황에 처하게 하므로 정신적으로 성숙시킬 수 있는 조건을 만들기도 합니다.

인간은 우연을 어떻게 이용하고 발전적인 계기로 삼는가에 따라 어느 정도 발전할 수 있느냐를 가늠할 수 있다고 하겠습니다.

우연은 천수인인 경우 상당 부분 하늘이 내려보내는 것이며 이러한 우연에 어떻게 대처하는가는 천수인에게 시험이라고 할 수도 있습니다. 시험은 바로 우연을 가장한 것에서도 항상 인간을 시험하고 성장하게 하며 선인화하도록 도와주고 있습니다.

인간들이 천수와 지수를 다할 수 있도록 하는 것은 인간의 몸을 가진 기간 동안 가장 보람있는 일로 보였습니다.

3장
후천시대,
맑고 밝고 따뜻한 우주

수선재와 후천시대

"후천시대가 되면 깨달은 자와 깨닫지 못한 자의 차이가 극명하게 드러나게 된다."

– 우주에서의 지구의 위치는 어떠하며, 왜 현재를 후천시대라고 하는지요?

우주에서 지구의 위치는 중심에서 중간 정도에 있다(서북향). 기능상으로도 중간 정도이며 상급도 하급도 아닌 위치이다.

후천시대라 함은 선천시대에 대한 개념으로서 앞으로 다가올 시대를 말하는 것이다. 선천시대라 함은 지금까지 겪어 온 모든 시간대이며 현재까지 오지 않은 시간대는 모두 후천시대인 것이다.

일부 종교 지도자들이 선천시대의 종말과 후천시대의 개벽, 그리고 일부 중생의 구원을 논하는 것은 인간을 혁명적으로 진화시킬 수 있는 교수법 중의 하나이며, 인류가 스스로 멸망하지 않고 존재하도록 하기 위하여 영적 진화를 가속화하려는 의도에서 나온 것이다.

인간은 존재하는 한 다양한 시험이 계속되는 것이며, 이 시험에서 견디어 내는 자는 합격하는 자요, 이 시험에 탈락하는 자는 불합격하는 자이니 때로는 엄청난 정도로 가혹한 시험이 내려오는 경우도 있는 것이다.

– 수선재는 후천시대에서 어떤 역할을 맡고 있는지요?

후천시대는 아직 다가오지 않은 미지의 세계이며, 겪어 보지 않은 세계
이다. 종교에서 주장하는 미래는 극선과 극악이 공존하며 인간의 마음먹
기에 따라 선행을 하면 극선으로, 악행을 하면 극악으로 간다고 강조하
고 있다. 이 말은 전적으로 타당하며 우주의 진리이다.

인류 전체의 영적인 악행의 무게가 일정 한도를 초과하면 이에 합당한
벌칙이 가해지는 것이며, 선행의 양이 많으면 그에 합당한 장려가 따르
는 것이다. 말세란 용어는 인류 초기부터 존재하여 왔으며 개벽 역시 인
간이 존재하는 한 항상 있을 수 있는 변수를 의미하는 단어이다.

수선재의 역할은 선행의 양을 늘림으로써 지구인 전체의 마음을 가볍게
하여 우주화하도록 하는 것이다. 선행은 마음의 무게를 줄여 항상 사람
을 가볍게 살 수 있도록 하여주며 그 가벼운 마음으로 수련을 하면 가속
도가 붙어 자신을 벗어날 수 있게 되는 것이다. 제자리에서는 언제나 벗
어날 수 없다.

몸은 제자리에 있어도 마음은 항상 목표를 향하여 바쁘게 움직여야 하는 것이며 몸이 움직여도 마음이 제자리에 있다면 그것은 후퇴이지 결코 종전의 수준을 유지하는 것도 아닌 것이다.

— 후천시대가 되면 무엇이 어떻게 달라지는지요?

후천시대가 되면 달라지는 것이 많다. 앞으로 다가올 시간대에는 각자의 수련 정도를 시험하는 다양한 유형의 문제들이 출제된다. 이 문제에 대한 해답을 어떻게 내놓는가에 따라 많은 것이 달라진다.

첫번째는 본인의 위치가 달라진다. 일정한 시험 과정을 거치면서 깨달은 자와 깨닫지 못한 자의 차이가 극명하게 드러나게 된다. 시험에 합격한 자와 불합격한 자의 지위는 상상을 초월하는 경지의 차이를 가져올 것이다.

합격자와 불합격자의 차이는 사법시험에 합격한 자와 불합격한 자의 차이의 수억 배 정도의 차이일 것이며, 이 차이의 극복은 잠시 노력한다고 해서 되는 것이 아닌 영원한 숙제일 수도 있는 것이다.

두번째는 자신의 위치가 달라지면서 가장 원하던 선계의 일원이 되는 것이다. 선계의 일원이 된다 함은 선인이 되는 것으로서, 선인으로서 온 우주에서 환영식이 벌어지면서 비로소 인간으로서 매우 험난한 공부를 하였던 것에 대하여 자긍심을 가지게 될 것이다. 선인의 경지는 바로 수련을 하는 모든 인간의 꿈의 경지인 것이다.

세번째는 본인이 할 수 있는 일의 유형이 달라진다. 현재는 자신만을 위하여 하는 일마저도 허덕거리며 하고 있는바 후천시대에는 우주를 포함한 타인을 위하여 일을 하는 경지가 될 것이다. 이 경지는 이미 자신을 초월하여 일을 할 수 있는 경지로서 이타심으로 충만한 경지가 되는 것이다.

사랑을 주어 본 사람은 사랑의 의미를 안다. 주는 사랑은 받는 사랑보다 훨씬 값어치 있는 것이며 우주와 모두를 위하여 이러한 사랑을 하게 되는 것이다.

후천시대는 어느 한 순간에 변하는 것이 아니라 현재에도 시작되었으며, 앞으로도 계속되는 시간대를 말한다. 따라서 지속적으로 위기와 기회가 반복될 것이며, 이 기회를 잘 이용하는 자는 선인이 될 기회가 그만큼 많아질 것이고 이 기회를 잘 이용하지 못하는 자는 선인이 될 기회를 완전히 박탈당할 것이다.

상이 후하면 벌이 엄한 것이며, 벌이 약하면 상 또한 약한 것이다.

– 후천시대는 지구에만 있는 것인지요?

아니다. 시간이 존재하는 한 선천시대와 후천시대는 존재하는 것이며, 지구의 경우는 지금 오고 있으나 타 별에서는 다른 시간대에 오는 것이다.

해당 별의 진화 정도와 자극을 받아야 할 수준에 해당하는 시점을 택하여 선천과 구별지어야 할 시간대가 오는 것이며, 이 시기는 시간상으로 대나무의 마디와 같은 역할을 하는 것이다.

– 지구의 후천시대가 우주의 역사에 어떤 변화를 가져올 수 있는지요?

지구의 후천시대가 우주에 주는 의미는 크다. 선인의 증가는 그만큼 우주의 진화를 가속할 수 있으며, 우주의 진화가 가속된다는 것은 우주의 입장에서 전체의 진화를 의미하므로 보다 나은 우주, 보다 영적인 존재들이 생활하기에 편안한 우주를 만들어 가는 것이다.

인간들이 항상 최선과 부를 추구하며 더 나은 것을 추구하는 것은 우주 본래의 특성이 가장 잘 반영된 것이며 우주의 발전 과정을 보아 현재의 단계는 아직 중간 정도에도 못 미치는 상태라고 할 수 있다.

따라서 많은 선인들이 탄생하여 우주의 진화를 위하여 일을 할 수 있다는 것은 우주의 입장에서 보아 너무나 기쁨으로 충만할 수 있는 일인 것이다.

후천시대의 진정한 의미

"후천시대는 모든 것이 맑고 밝고 따뜻한 우주를 만드는 것이다."

– 후천시대의 진정한 의미는 무엇인지요?

모든 것이 맑고 밝고 따뜻한 우주를 만드는 것이다. 그 우주의 기운이 이 지구에 미쳐 전 인류가 편안히 생활하는 세계가 될 것이며, 모두가 편안하게 생활할 수 있다 함은 진화를 가속화시켜 다른 발전을 가능케 하는 원동력이 될 것이다.

후천시대는 우주의 발전에 있어 중학교를 졸업하고 고등학교에 진학하거나 고등학교를 졸업하고 대학에 진학하는 학생들이 많이 배출되는 것처럼 선인의 증가로 우주의 수준이 향상되는 것을 의미한다. 이 것은 우주의 입장에서 보아 너무나 기쁜 일이며, 이 우주가 한 등급 진급할 수 있는 계기가 되는 것이다.

– 수선재의 기운이 지구를 덮고 더 나아가야하는지요?

물론이다. 지구란 우주의 입장에서 보면 아주 작은 일부이며, 이러한 일부가 수련생들의 최종 목적일 수는 없다. 수련생들의 목표는 원대하고 높은 곳에 존재하는 것이며, 원대하고 높은 곳이란 바로 우주, 즉 자신의 본성(本性)이 자리하고 있는 곳에 도달하는 것이다.

따라서 수선재의 수련 과정에서 자신을 바꾸고 바뀐 자신으로 자신의 본성을 찾아 우주 본연의 자리로 찾아 들어가는 것은, 수선재의 우주기운을 우주 본래의 자리로 연결하여 그 기운이 다시 수선재로 피드백(feedback)할 수 있도록 하는 것으로서, 수선재의 발전을 가속화하고 모두가 스승이 될 수 있는 기반을 조성하는 것이다.

따라서 현재는 스승과 제자가 구별되어 있으나 그 때에는 스승과 제자가 구별이 없는 시기가 될 것이다. 모두가 스승이자 모두가 제자인 단계, 진정 수련만으로 충만한 세상은 수련 속도를 한결 가속화할 수 있게 할 것이며 인연이 있는 자들은 모두 수련 목적을 이룰 수 있을 것이다.

수선재의 기운이 지구를 덮는 것은 가능하다. 목표를 원대하게 설정하고 그 원대한 목표에 맞추어 수련해 나갈 수 있도록 하라.

– 그런 과정에서 현재 지구에서 동이족을 책임지고 있는 환인 선인께서는 어느 만큼 어떤 방법으로 수련생들에게 도움을 주실 수 있는지요?

수련은 자신이 하는 것이며 자신의 정성이 환인에게 미치면 환인이 도움을 내릴 것이다. 허나 환인의 도움을 기대하여 수련을 게을리 한다면 벌이 있을지언정 도움은 기대하기 어려울 것이다. 스스로 열심히 수련을 하는 한 환인의 도움만이 아닌 다른 수많은 선인들이 가만히 있지 않을 것이다.

인구 급증 이유

"이 정도의 인구 증가는 이미 지구의 프로그램에 예정되어 있었던 부분이다."

지구의 인구는 그 숫자가 일정하게 정해진 것은 아니다. 늘어날 수도 있으며 줄어들 수도 있다. 예전의 페스트나 지진 등으로 인한 인구의 감소 역시 인구 변동의 한 예이다. 그러나 이렇게 지속적인 인구의 증가는 결코 지구의 수련을 요하는 수련생들에게 긍정적인 영향을 끼치는 것만은 아니며, 부정적인 영향도 상당하다고 할 수 있다.

긍정적인 영향이라면 인구의 증가로 인하여 선인들의 탄생 가능성이 높아진다는 것이다. 부정적인 영향이라면 수련에 부정적인 영향을 줄 수 있는 파장을 지닌 인간들이 증가한다는 것이다.

속세는 원래 수련장으로서의 의미가 강하다고 할 수 있는바 인구가 증가하는 것은 수련장으로 사용할 수 있는 적합한 환경이 되는 것이라고 할 수 있다. 인구의 증가가 지구에 주는 부담은 아직은 적다고 할 수 있다. 이 정도의 인구가 지구에 존재한다고 해서 지구에 큰 영향을 주는 것은 아니며, 이 정도의 인구보다 수 배나 많은 인구가 지구에서 생활한다고 하여도 생활이 가능한 것이다.

급증하는 이유는 인간의 증가가 또 다른 증가를 불러 연쇄 효과를 내기 때문이다. 이 정도의 연쇄 효과는 우주의 스케줄에 포함되어 있던 것은 아니며 지구 자체의 인구 관련 프로그램의 운영 결과라고 할 수 있다.

각 별은 나름대로 자신의 프로그램이 있으며, 이러한 부분은 크게 보면 우주의 스케줄에 포함되어도 각각의 진도가 있으므로 간섭을 받는 부분은 아니다. 따라서 이 정도의 인구 증가는 이미 지구의 프로그램에는 예정되어 있었던 부분이라고 할 수 있으며 큰 영향을 미치는 것은 아니다. 다만 선인들이 하여야 할 일은 늘어나고 있다고 할 수 있다.

테러, 물질문명에의 경고(헤로도토스인과의 대화)

"미국의 물질문명은 헤로도토스인 한 사람의 힘만도 못한 정도입니다."

– 지구에서는 어제(2001년 9월 11일) 초대형 테러사건이 미국에서 있었습니다. 어찌된 일인지요?

세력균형으로 이변이 생길 때는 어떠한 일이든 일어날 수 있습니다. 물질문명을 추구하는 한 앞으로 더욱 큰 이변이 일어날 것입니다. 큰 것이라고 반드시 좋은 것은 아니며 인간의 힘으로 통제할 수 없는 물질은 인간에게 해악으로 작용할 것입니다.

– 어찌하면 될 것인지요?

인간은 앞으로 정신문명을 연구하고 이것을 실천하는 방향으로 나아가야 합니다. 정신적인 발전은 끝이 없을 뿐만 아니라 우주와 일체가 될 수 있는, 인간의 가장 큰 혜택 중의 하나이니 이것을 빼고 어찌 인간으로 태어난 기쁨을 누릴 수 있겠습니까?

우주의 본체와 합일하는 것은 저희 헤로도토스인들에게도 희망사항

일 정도로 최고의 목표인 것입니다.

– 물질문명의 폐단은 어디까지 갈 것인지요?

미국은 물질문명의 대표국입니다. 이들은 물질을 통하여 지구를 지배하려 하여 왔으며, 이러한 시도가 어느 정도는 성공하였다고 할 수 있습니다. 하지만 미국의 물질문명은 헤로도토스인 한 사람의 힘만도 못한 정도입니다.

지구에서 대륙 간을 날아다닐 수 있는 핵미사일은 일단 발사되면 인간의 힘으로는 공중폭발 등의 방법을 제외하고는 뒤처리가 마땅치 않을 것이나 저희들은 장난감처럼 가벼이 처리할 수 있습니다. 저희들은 순식간에 사라지게 할 수도 있습니다. 이러한 기능은 어느 누가 특별한 훈련을 하여 생기는 것이 아니라 저희들의 수준이면 당연히 가능한 것입니다.

정신력이란 그만큼 무서운 것이며 물질에 우선하여 있는 것임을 알 수 있는 것입니다.

인간의 몸으로 있는 동안은 이러한 기능을 복원하기 위하여 수많은 가혹한 훈련을 하여야 하며 그렇게 해도 지구의 조건상 인간이 마음먹은 대로 되지 않을 수 있습니다. 하지만 인간의 몸으로 있을 때 이러한 정신훈련을 많이 쌓아 놓으면 향천(向天) 후에 상당히 실질적인 도움을 받을 수 있습니다.

– 인간의 조건으로 있을 때는 왜 안 되는 것인지요?

인간으로 있을 때는 철저히 물(物)적 존재일 수밖에 없습니다. 몸을 통한 공부이며 몸은 물질이므로 물질의 단계를 넘어선다는 것은 상당한 어려움이 따르는 것입니다. 하지만 몸이란 인간으로 있을 때만 필요한 것입니다.

따라서 몸을 벗고 난 뒤부터는 정신만으로 존재하게 되는 것입니다. 정신의 단계로 가면 오직 인간으로 있을 때 익힌 정신력으로 모든 것을 처리하게 됩니다.

이것이 중요한 것입니다. 수련생들에게 현재까지 나온 천서 중 상상력과 마음을 다스리는 부분을 잘 보라고 하시기 바랍니다.

인간의 상상력은 조물주가 내려준 최고의 혜택입니다. 하지만 인간의 상상력은 현재의 인간이 상상할 수 있는 단계를 벗어나지 못하고 있습니다. 이것을 벗어날 수 있어야 합니다. 그것이 바로 수련으로 가능한 것입니다.

지구의 종말

"지구의 종말은 그렇게 쉽게 오지 않는다."

지구의 종말은 그렇게 쉽게 오지 않는다. 천재와 지변 역시 물질적인 충격으로 인간을 교화시키기 위하여 오는 것이며, 지구가 망할 정도로 심각하게 오는 것은 아니다. 지구가 망하기 위해서는 지구의 물질문명이 지구의 정신문명을 말살시킬 정도로 발달하여 양 기능이 제 역할을 못하므로 퇴행반응이 강력히 발생하여야 하는 것인바, 현재 지구의 물질문명 수준으로는 지구가 망할 정도가 아닐뿐더러 인간의 이성이 그 정도의 문제를 해결할 수 있는 수준을 넘어섰다고 보기 때문이다.

인재(人災)는 늘어날 것이니 이것은 물질문명의 진화와 더불어 발생되는 정상적인 것이며, 인재의 증가가 지구의 망조와 연결되어 있는 것은 아니다. 물질문명의 증가에 따라 자연스럽게 증가하는 것이다. 지진이 발생하는 것이 이미 예정되어 있다고 하나 이것 역시 지구인들이 하기에 달린 부분이 많다.

만약에 아주 대형 지진이 난다면 미국 서부보다는 동부가 가능성이 있다. 허나 이것 역시 쉬운 일은 아니다. 그만한 충격이 발생되어야 가능한 것인바 이러한 일들은 사전에 경고가 발령된다. 이 경고를 사전에 알아들을 수 있다면 지진 등의 재난을 면할 수 있으나 편향된 감각을 가질 경우 현재와 같은 재난을 지속적으로 당하게 될 것이다.

전쟁은 지역 간에 세력의 균형이 급격히 흔들릴 경우 발생하는 문제로서 기상(氣象)에 비유한다면 태풍이라고 할 수 있다. 이 역시 자연스런 현상 중의 하나이다. 인간이 존재하는 한 지구의 기(氣)적 움직임이 표현되는 것이므로 항상 있을 수 있다.

지구 종말에 관한 변수 중 전쟁으로 인하여 망하는 경우는 최악의 상황 중 하나이며 전혀 가능성을 배제할 수는 없으나 그러한 결과가 발생한다는 것은 우주의 입장에서 보아도 커다란 손실이므로 방치하지는 않을 것이다. 그러나 어디까지나 인간의 회생 가능성을 기준으로 결정될 것이다.

인간의 문명이 발전할수록 이것에 대한 반문명적 기능이 살아나게 되어 있으며 결국 인간의 문명을 신(神)이 판단해야 할 단계에 이르렀을 경우 심판을 받게 될 것이다.

허나 지금은 아니며 시작된 것도 아니다. 후천세계는 인간의 영(靈)적 변화를 일컫는 것이며 물질적인 것과는 반드시 일치하는 것이 아님을 알라. 말세란 말은 기원전부터 있어온 것임을 안다면 인간 스스로의 판단으로 말을 지어낸 것이며 이것이 교육용 엄포라는 사실 또한 알 수 있을 것이다.

허나 언제까지나 엄포로 끝나는 것은 아니다. 지구의 인간이 우주에 기여하는 바가 부정적이라는 결론이 도출되었을 경우 언제나 가능성은 존재하는 것이다.

수선재는 지구의 종말이 오지 않도록 하거나 종말을 지연시킴에 상당한 역할을 할 것이다. 지구의 종말은 우주에서 인간을 비롯한 지구 자신의 처신과 이것이 우주에 미치는 부정적 영향이 컸을 경우 고려되는 것이다.

아직은 아니다. 지구의 문명이 그런 대로 다소 긍정적, 부정적으로 편중되면서도 진화를 해 나가고 있다고 보기 때문이다.

광우병에 대하여

"광우병은 인간이 우주의 질서를 파괴함으로 인하여 당하는 극히 일부의 형벌이라고 할 수 있다."

하늘이 인간이 발생시킨 문제에 내린 해답 중의 하나이다. 이러한 유형의 문제는 인간들이 근본적인 것을 혼동하는 한 지속적으로 내려올 것이다. 하늘의 근본 도리는 모든 것이 있어야 할 자리에 있는 것이며 없어야 할 자리에는 없는 것이다. 에이즈도 인간과 동물이 상호 구별치 못한 탓으로 시작되었으며, 금번의 광우병은 지구의 근본 질서에 대한 침해로서 이보다 더한 혼동이 있을 수 없는 것이다.

모든 것에는 정해진 도리와 절차가 있으며, 이 절차를 지키는 자와 지키지 않는 자 간의 문제는 인류가 존재하는 한 발생되도록 되어 있다. 질서는 우주의 근본 요소이며, 이 근본 요소를 지키는 것은 우주를 구성하는 모든 존재에게 있어 가장 기본적인 소명이다. 이 기본적인 소명을 지키지 않을 경우 더 이상의 기대가 불가능하며 더 이상의 기대가 불가능함은 도태의 타당성을 입증하는 것이다.

일부 인간들은 모든 면에서 우주의 질서를 상당 부분 파괴하여 왔으며, 광우병은 그 파괴에 대한 하늘의 벌로서 인간에게 내려왔다. 광우병은 인간이 우주의 질서를 파괴함으로 인하여 당하는 극히 일부의 형벌이라고 할 수 있다.

인간은 신이 창조한 모든 세계의 질서를 교란할 수 없으며 이 교란이 발생할 경우 엄청난 대가를 치르도록 되어 있다. 이 벌칙은 질병이나 재난 등 몸에 미쳐서 마음으로 번지는 간접 방식과 인간의 마음에 직접 미치는 고뇌로 구분되는바 이 두 가지 방법이 모두 동원되는 경우도 있다.

과거 페스트나 지진, 화산 폭발 등도 이러한 연유에 의한 것이며 지구의 경우 이러한 것들을 자체에서 감지하여 이상 발생 시 자동적으로 대응하도록 되어 있다. 인간의 몸도 추우면 옷을 입고, 더우면 벗는 등의 인지영역을 비롯하여 자율영역에서 자동적으로 운영되도록 되어 있는바 이러한 법칙을 위반하면 감기 등 질병의 벌칙이 내려오도록 되어 있다.

이러한 모든 것들은 자체의 내부에서 스스로 작동되도록 프로그램 되어 있으므로, 인간들의 만용과 문란에 대한 지구의 자위책은 앞으로 이보다 더한 대응을 할 것이다.

게놈 프로젝트는 특히 주의를 요하는 것으로서 인간의 유전자는 자신의 업보까지도 입력되어 있는 우주의 자료이다. 이 사슬을 밝혀 우주의 모든 비밀을 캐내는 데는 앞으로도 많은 시간이 소요될 것이나, 인간의 욕심으로 이 부분에 접근하고 이용한다면 상상할 수 없는 많은 재앙이 내려올 것이다.

이러한 인간의 죄악에 대한 우주의 대응에는 지구의 멸망까지도 고려되어 있으며 이 멸망에서 구해낼 수 있는 방법이 바로 하늘과의 연결고리를 갖고 있는 사람을 많이 양산하여 하늘의 파장을 전달하는 일이다.

수련생 중 우주의 파장을 연결하여 우주의 뜻을 인간 세상에 알리고 이 뜻을 생활화함으로써 지구를 우주 그 자체로 만드는 일을 하는 사람이 많아야 한다.

수련생들이 이러한 재난을 피하는 방법은 초식(草食)이다. 지금 생산된 혼란물에는 다양한 것들이 있으나, 초식을 위주로 하고 자신의 마음을 강하게 다스리면 내부에 저항력이 생겨 그런 대로 벗어날 수 있으니만큼 수선재의 식구들은 앞으로 초식을 하는 방향으로 가야 할 것이다.

초식의 의미가 마음을 맑게 하는 데 있는 것만은 아니다. 예전부터 초식을 강조하였던 것에는 깊은 우주의 배려가 있었던 것이다.

하늘이 내려온 곳,
수선재

1장
하늘이 내려온 곳, 수선재

수련생들은 긴장을 늦추지 말라

"중요한 시기에 긴장을 늦춤으로써 자신이 성취해야 할 부분을 성취하지 못하고 넘어가는 경우가 많다."

모든 사람이 무릇 중요한 시기에 긴장을 늦추면 안 되는 것이며, 이 수련 과정에서는 더욱 그러하다. 허나 대부분의 수련생들이 중요한 시기에 긴장을 늦춤으로 인하여 자신이 성취하여야 할 부분을 성취하지 못하고 넘어가는 경우가 많다. 이 모든 것들은 수련생들의 과오이나 수련생들의 과오는 곧 스승의 과오이니 수련생들의 과오와 스승의 과오가 따로 있는 것이 아니기 때문이다.

따라서 스승은 제자의 과오를 모두 수정해주고 살펴 감싸안고 갈 수 있어야 하며, 이러한 것들이 제대로 이루어지지 않을 때 모든 공(功)이 과(過)로 돌아갈 수도 있는 것이다.

지금은 수선재의 큰 방향이 제대로 잡혔다. 허나 사사로이 인정에 말려 수련생의 편의를 용인해줄 경우 걷잡을 수 없는 흔들림이 올 것이다.

모든 수련생의 점수가 전부 60점 이상으로 오를 때 안정됨이 눈에 보일 것이다. 60점 이상도 수련 경지가 확고한 60점 이상이 되려면 일반적으로 70점 이상은 되어야 할 것이다.

아직은 성장기이므로 모든 수련생들의 심적 기반이 확고하지 않아 다소
간의 흔들림이 있을 것이나 이러한 흔들림은 자리를 잡아가는 과정에서
당연히 있을 수 있는 것이며, 이 정도는 타 수련 단체에 비하여 오히려 적
은 것이라고 할 수 있다.

이제 남은 과제는 절반 이하의 수준에 해당하는 부분에 대하여 천서로 판
단하고, 천서로 행동하며, 천서로 결과를 통보 받는 것이다. 천서로 모든
것을 판단하는 한 실수율 1% 이하의 스승으로서 최상위의 스승이 될 수
있을 것이다.

수선재는 앞으로 안정된 기반 위에서 서서히 성장할 것이며 수 년 후에는
상당한 규모로 성장할 것으로 보인다. 스승은 모든 수련생이 단합할 수
있도록 계기를 조성함으로써 수련생의 뜻이 하나로 모아지도록 하며, 이
렇게 한 뜻이 모이면 하늘에 그 큰 뜻이 전해질 수 있다.

스승은 앞으로 자신의 건강에 유의하라. 스승의 건강은 모든 것에 우선하
는 가치이다. 이 가치의 중요함을 알아야 하늘이 수선재를 보호해 줄 수
있으며, 하늘이 수선재를 보호해주어야 모든 수련생들이 과감히 수련으

로 나갈 수 있을 것이다.

힘든 일을 무사히 넘긴 단체는 잘 되지 않을래야 잘 되지 않을 수가 없는 기반을 조성한 것이라고 할 수 있다.

잘 될 것이다. 힘내라.

하늘의 뜻은 수선재의 성장에 있다. 그로부터 모든 일이 풀릴 것이다.

선계 파장의 송신소, 지부(양재지부 개원축하)

"서울 양재지부의 개원에 즈음하여 수선재 전 지부의 안테나를 모두 최상급으로 교체한다."

서울 양재지부의 개원(2001년 8월 21일)에 대하여 진심으로 축하의 뜻을 전하는 바이다. 수련생들이 마음을 내어 중요한 장소에 또 하나의 지부를 개원하였다는 것은 수련생들의 역량이 점차 신장되어 가고 있음으로써 수선재 전체의 역량이 확장되어 파장의 범위가 확산되어 가고 있음을 의미한다.

이러한 일은 스승의 입장에서 볼 때 제자들의 능력이 일취월장하므로 모든 제자들을 보다 큰 길로 인도할 수 있는 계기가 되는 것이다.

수련에 관한 한 모든 것이 스승의 인도를 벗어날 수는 없으나 큰일은 스승의 지도를 받되 등급이 낮은 문제에 대하여는 스스로 해결해 나갈 수 있는 틀을 만들어 나가는 것이 수선재의 발전에 상당히 자연스럽고 바람직한 결과를 가져올 수 있는 직접적인 지표가 되는 것이다.

지부 개원은 종전에는 스승이 결정하던 역할이었으나 이제는 제자들이 결정하고 스승이 추인하는 방식으로 발전하였으며, 후배들이 수련에 동참할 수 있도록 여지를 만들어 주는 큰 일을 선배 수련생들이 분

담하는 것은 본 건에 기여한 수련생 본인의 발전을 위하여도 최상의 방법인 것이다.

지부 개원은 단순히 수련을 할 수 있는 장소의 확보가 아니며, 미 수련생들에게 수선재의 파장을 보낼 수 있는 장치를 갖춤에 의의가 있다.

모든 지부는 선계에 등록되며, 선계의 파장을 수신하여 수련생들에게 전달함은 물론 인근 지역으로 널리 펴는 송신소 역할을 함으로써 주변의 모든 곳에 선계의 파장이 미치도록 하는 것이다.

선계의 파장은 기본적으로 온 우주를 덮고 있으나 중생들이 이 파장을 이해할 수 없으므로, 이것만으로는 요리되지 않은 음식 재료가 쌓여있는 것과 같아 인간들이 받으면서도 좋은 것을 모르는 것은 물론 먹을 수가 없으니 결국 없는 것과 같은 것이다.

따라서 선계의 파장을 중생들이 받아들일 수 있도록 변화하여 펴는 역할, 즉 인간들이 먹을 수 있도록 요리하여 주는 것과 같은 역할을 하는 것이 바로 수선재 수련생들의 역할이며, 이 역할에 힘을 실어주는 선계의 파장 보급소 역할을 하는 것이 지부의 기능인 것이다.

중급 도반들의 금번과 같은 역할은 선계의 뜻을 지상에 폄으로 인하여 인간 세상에 많은 변화를 유도할 수 있는 기반을 스스로 마련하였음을 말해 주는 것이다.

이 송신소의 출력은 수련생들의 마음이 모여서 증강되는 것이니 이러한 기반의 마련으로 선계의 파장이 점차 모든 곳에 확장되어 난청 지역이 없어지도록 하여야 한다.

서울 양재지부의 안테나는 최고급으로 준비하였는바 크기는 작은 바늘과 같아 직경이 0.3mm를 넘지 않고 길이는 4cm를 넘지 않는 크기로서 수련장의 천장 한가운데에 설치될 것이다.

선계의 물건은 크기와 기능이 비례하는 것이 아니므로 이 바늘만한 안테나의 내부에는 한국에서 가장 큰 공장에서 가지고 있는 만큼의 최신형 기계들이 가득 들어차 있는 것이다. 따라서 기능 또한 모든 것이 가능한 전천후로서 최상급의 것이다. 서울 양재지부의 개원에 즈음하여 수선재 전 지부의 안테나를 모두 최상급으로 교체한다.(모양은 그대로이며 기능만 증강되었다.)

모두 합심하여 마음을 열고 선계의 파장을 듬뿍 받아 금생에 모든 과정을 마칠 수 있도록 하라. 마음을 모아 정성을 낸 수사와 수련생들은 금생에 반드시 큰 뜻을 이룰 수 있도록 전력으로 정진할 것이며 선계에서도 지원을 아끼지 않을 것이다.

모든 결과는 하늘이 알고 스승이 아는 것이 중요한 것이며, 수선재의 지부장은 일꾼으로서 하늘의 짐을 지는 것이지 명예가 아님을 명심하라.

앞으로도 수선재의 뜻을 펴고 싶은 수련생들은 헛된 욕심으로 도반의 심기를 흐트러뜨릴 것이 아니라 금번과 같이 마음을 모아 하늘에 고함으로써 환골탈태의 기반을 만들어보도록 하라.

서울 양재지부의 개원으로 수선재가 진일보한 것을 다시 한 번 축하한다.

수선재 지부장님들에게

"말세에 대처할 수 있는 처방으로 선계는 수선재를 통하여 맑음과 밝음과 따뜻함을 전하고자 하는 것입니다."

추운 날씨에 객지에서 고생이 많습니다. 난방은 잘 되며, 영양은 충분히 섭취하고 있는지요?

우리 지부장들은 선계 지구본부에서 각 고을로 파견된 외교사절입니다. 선계의 얼굴입니다.

선계가 지상에 전하고자 하는 기운과 파장은 맑음, 밝음, 따뜻함입니다. 말세라고 여겨지는 현재 지구의 상황에 대처할 수 있는 처방으로 선계는 수선재를 통하여 맑음과 밝음과 따뜻함을 전하고자 하는 것입니다.

수선재의 기운을 통하여 맑음을, 천서의 말씀을 통하여 밝음을, 그리고 그 기운과 파장을 받아 용해시켜 가슴에서 가슴으로 따뜻함을 전해야 하는 것입니다. 그 길만이 현생의 지구 인류가 멸망하지 않고 살아남을 유일한 대안입니다.

지부장들은 일선에서 그런 수선재의 역할을 수행하는 분들입니다. 수련 생들의 초발심을 유지시켜 저에게 인계해주어야 합니다.

회원들의 기운이 부족하면 기운을, 지혜가 부족하면 지혜를, 사랑이 부족 하면 사랑을 선계로부터 지원받아 전달해주어야 합니다. 자신에게 부족 하면 '수련 지도에 필요하니 주십시오.'라고 선계에 요청하여 전해주십 시오.

저는 맨몸으로 씨를 뿌렸지만 여러분들은 밭과 씨를 부여받았습니다. 그 리고 지원 세력이 많습니다. 이미 혼자가 아닙니다.

영화 '바그다드 카페'의 주인공처럼 절망이 가득한 폐허를 희망의 땅으로 바꾸십시오. 그 지역의 지도를 걸어놓고 지부를 중심으로 하여 동서남북 으로 점차 관심을 넓혀 가십시오.

선계는 수련생들에게 갈등을 부여하지 않았습니다. 고통 속에서 일하고 수련하는 것을 원치 않습니다. 갈등은 아직도 마음이 몸의 요구를 벗어나 지 못해서 생기는 것입니다.

'개인 수련만도 벅차고 바쁜데 어떻게 남까지 인도하나? 왜 인도해야 하 나?'라는 원초적인 질문을 가지실 겁니다. 선계는 개인 수련만도 벅찬 수련생에게는 더 이상의 기대를 갖지 않습니다. 허나 한 사람이라도 도울 수 있는 역량을 지닌 수련생에게는 선계수련을 보급하라고 하는 것입니다.

수련을 하는 사람으로서 수련을 하는 것보다 더욱 중요한 것은 보급하는 것입니다. 수련이란 자신만이 좋자고 하는 것이 아니오, 타인과 더불어 좋은 것을 공유하자는 것이기 때문입니다.

인간의 욕심이란 끝이 없어서 좋은 것은 자신만이 향유하려 하지만 선계는 이 모든 것을 우주 전체에 공유하고자 합니다. 이 공유에 동참한다는 것은 자신의 수련을 하는 것보다 더욱 중요한 것입니다.

나눔의 파장은 소유의 파장과는 비교할 수 없을 만큼 크기 때문입니다. 혼자 수련하는 것보다 둘이 수련하는 것은 시너지(synergy) 효과가 서너 배 이상 발생하므로 자신의 수련이 그만큼 진전되며, 천수체 중 수련 인연이 있는 3억의 인구가 선계의 기운을 알게 된다면 방송과 인터넷을 이용하는 파장의 시대를 맞이하여 지구 인류가 맑고, 밝고, 따뜻한 마음으로 개심하게 되는 것은 시간 문제입니다.

선계의 뜻은 지구 인류 전체가 깨인 마음으로 후천시대를 맞이하는 것입니다.

가망이 없다고 여겨진다면 다시 한 번 지구라는 밭을 갈아엎어 암흑시대로 만든 뒤 재창조의 기회를 보는 것이 또한 선계의 뜻이기도 합니다. 초창기의 회원들은 모두 후천시대의 역사를 만들어 가는 분들입니다. 앞으로 지구 역사가 어떻게 변해 가는가 하는 것은 바로 여러분들의 역할에 달려 있습니다.

수선재는 바로 이러한 선계의 뜻을 펴는 곳이기 때문입니다.

이 다음에 선계에 가서 수선재에서의 생활을 돌아보십시오.

'후천시대를 여는 수선재에서 나는 00지부장의 역할을 부여받아 내가 가진 모든 것을 활용하여 자랑스럽게 일하고 수련하였다.'

'후천시대를 여는 수선재에서 나는 00지부장의 역할을 부여받아 나 자신과 선계에 부끄럽게 굴었다.'

어떤 묘비명을 택할 것인지요?

부족한 사람을 세우고 기회를 주신 선계에 감사할 것인지요?

아니면 지원이 부족함에 대하여 투정을 계속할 것인지요?

* 추신: 회장님과 의논하여 각 지부에 수선대 쌀을 보내기로 하였습니다. 가끔 회원들에게 어머니의 마음으로 따뜻한 밥상을 차려주었으면 합니다.

하늘에 등재되는 영생의 직책(수선재 임원의 역할)

"임원이란 아무에게나 주어지는 직책이 아니며, 하늘에 등재되는 영생의 직책인 것이다."

– 수선재 임원의 역할은 선인이 되는 선계수련에 있어서 어떤 의미를 지니는지요?

선계수련에 있어 가장 중요한 것은 하늘이고 다음이 스승이며, 그 다음이 스승을 이어받을 지도자들이다. 앞으로 지도자가 될 후보자들이 바로 현재의 임원들이다. 임원이란 아무에게나 주어지는 직책이 아니며, 수련 과정에 따라서는 속(俗)에서 임시적으로 주어지는 직책이 아닌 하늘에 등재되는 영생의 직책인 것이다.

임원으로 지명되었다 함은 단순히 선계에 입문하는 단계의 수련생을 지나 수련을 이끄는 선배의 반열에 진입하였음을 의미하는 것으로서 같은 도반이라고 해도 중급 도반의 상층부를 구성하는 도반인 것이다. 그동안의 수련으로 인하여 그만큼 선계에 가까이 다가간 것이며 추후 그 모든 것을 하늘이 평가해 줄 단계에 접근한 것이다.

초등학교에서는 초등학교 수준의 시험을 보는 것이나 중학교에 진학하면 중학교 수준의 시험을 보는 것이며, 고등학교에 가면 고등학교 수준의 시험을 보는 것이다. 이 시험은 점차 어려워지는 것이며, 최선을 다하지 못함으로 인한 한치의 방심이 초래하는 결과는 나중에 복구가 쉽지 않은 것이다.

현재 임원으로 근무중인 수련생과 앞으로 임원으로 선발될 사람들은 금생의 결과를 평가받을 시점에 이르렀을 때 학생회 간부와 같은 포상이 있을 것이다. 이러한 공덕을 쌓는 것조차 마음을 비우고 임하였을 때 보다 큰 상이 내려오는 것이며, 공덕을 쌓음을 강조하면서 하는 공덕은 하지 않는 것보다는 나을 것이나 마음을 비우고 하는 공덕에 비하면 상당한 차이가 날 것이다.

임원이란 모든 면에서 후배 수련생들에게 모범을 보여야 하며 임원의 모습을 보고 수련을 하지 않는 중생들이 수련을 할 수 있도록 되어야 한다. 이 모든 것이 강제로 되는 것이 아닌 수련 과정에서 자신도 모르게 선풍(仙風)으로 변하므로 선계의 향기를 풍기게 된 결과로 나타나야 하는 것이다.

임원은 결코 가벼운 직책이 아니며 현재의 임원이 나중에 어떠한 중책을 받을지 모르는 것이므로 임원으로서 열심히 자신의 직분을 다할 수 있도록 하라. 임원은 수선재의 기둥이니 앞으로 모든 것은 임원을 통하여 이루어질 수 있도록 하라.

– 책임을 다하지 못할 경우 어떤 결과가 도출되는지요?

임원의 책임은 무리하지 않는 선에서 자신의 최선을 다하도록 내려올 것이며 이것을 어떻게 처리하는가에 따라 선계의 역량을 발휘할 수 있는 잠재력을 가진 재목인가 여부가 결정될 것이다.

속세에서 본인에게 주어진 것은 이미 선계에서 하늘의 뜻을 베풀 수 있도록 하기 위한 준비 과정이었으니 모든 것은 금생에 어떻게 사용하는가에 따라 향천 이후의 영생 기준이 정해지는 것이다.

임원은 추후 스승의 역할까지도 하여야 하는 것이니 점차 자신의 역량을 넓혀 스승의 뜻을 보필하고 후배들에게는 지도자로서의 본분을 다할 수 있도록 자신을 변화시켜 나가는 것이 첫째 임무요, 둘째는 변화된 자신을 통하여 중생들에게 선계의 이치를 깨달을 수 있는 기회를 주는 것이다.

인간의 한평생은 한없이 짧을 수 있음을 명심하고 이 짧은 삶에서 오직 유일하게 주어진 호흡을 통한 자신과의 만남, 즉 본성과의 만남을 이룩한다면 금생에 더없는 보람이 될 것이다.

임원의 임무는 하늘의 뜻이다.

수련 과정에 따라 자신을 찾고 이 자신의 본성이 시키는 대로만 간다면 홀가분한 가운데 자신의 자리를 찾아갈 수 있을 것이다. 임원을 임명하는 것이 스승으로 보일지 모르나 스승은 하늘을 대표하여 그 뜻을 전할 뿐이니 어찌 인간의 모습으로 있는 스승이 전하는 것이라고 생각하는가?

하늘의 뜻은 하늘이 정하는 것이며 이것이 비로, 바람으로, 파도로 나타나기도 하는 것이며, 다른 사람의 입을 통하여 내 귀로 들어오기도 하는 것이다.

허나 중요한 말은 그만한 값어치가 있어 반드시 전해야 할 사람을 통하여 전해지는 것이며, 그 중 가장 중요한 말은 스승을 통하여 전해지는 것이다. 스승이 말로 전하는 것이 있으며, 생각으로 전하는 것이 있고, 수련으로 전하는 것이 있으며, 천서로 전하는 것이 있다.

이 중 천서로 전해지는 것은 거역이 허용되지 않는 것이다. 속(俗)에서의 기준으로 볼 때는 거역이 허용되는 것으로 보일지 모르나 이미 심판은 끝난 것이며, 다시 구제받기 위해서는 수 생을 윤회하여야 할지 모르는 것이다.

수련이란 크나큰 혜택이므로 수련에 들어 자신에게 주어진 하늘의 상(賞)을 놓치는 일이 없도록 하라.

헤로도토스인과의 대화

"지구에서는 바로 선계 입적이 가능하지 않습니까. 이 곳에서는 단계를 밟아야 가능합니다."

헤로도토스인들을 떠올리자 어딘가로 간다. 잠시 후 지금 서 있는 곳이 헤로도토스임을 알겠다. 5m 정도 앞에 120cm 정도의 키에 검은 피부, 옷을 입은 것 같지 않은 모습의 헤로도토스인들이 서너 명 서 있다가 예를 표한다. 이들의 모습을 보니 겉으로는 평범하나 엄청난 기운이 내재되어 있는 것으로 보아 준선인급 이상인 것 같으며, 헤로도토스에서도 상당한 위치에 있는 분들이다.

헤로도토스를 하나의 국가로 본다면 이 별 전체에서 최소한 장관급 이상의 지위에 해당하는 분들이다. 기운이 가슴에 모여 있는 분과 손에 모여 있는 분, 다리에 모여 있는 분 등 집기(集氣) 장소가 다양하다. 이 부분은 기운의 움직임에 따라 몸 안에서 항시 이동 가능한 부분이다.

저 멀리 예전에 보았던 그 성의 옆과 뒷면이 보인다. 바닥에는 군데군데 풀들이 나 있고 주민들이 다니는 길이 있다. 이 풀들의 효능이 무엇인지 구체적으로는 모르겠으나 상당한 약효를 지니고 있음을 알 수 있다. 나는 인간의 몸으로 있어 이러한 부분에 대한 정보가 개방되지 않는다.

– 안녕하신지요?

예.

– 어떻게들 지내셨는지요?

저희들은 오직 수련만 하면 되므로 모든 걱정을 놓고 있는 상태입니다.

– 가장 행복하신 분들입니다.

저희는 지구에서 공부하시는 분들이 부러울 때가 있습니다.

– 어째서 그런지요?

지구에서는 바로 선계 입적이 가능하지 않습니까. 이 곳에서는 단계를 밟
아야 가능합니다.

– 그렇군요. 헌데 예전에 왔을 때는 나무들이 무성하였는데 지금은 왜 이런
가요?

이 곳은 전에 오셨던 그 곳과는 다른 곳입니다. 이 곳의 필요성이 있고 그 곳의 필요성이 있기 때문입니다.

– 아, 그런가요? 그렇겠습니다. 정말 오랜만입니다.

그렇습니다. 다녀가신 후 저희들은 한시도 지구와 선생님, 그리고 수선재를 잊어 본 적이 없습니다.

– 수선재를 언제부터 아셨는지요?

선생님께서 수련하실 때부터 수선재는 예정되어 있었던 것입니다. 선생님께서는 인간의 몸으로 공부를 하시므로 이 부분에 대하여 선계에서 파장을 막아놓았던 것이나 사실상 저희들은 알고 있었던 것입니다.

– 그랬군요.

그러하옵니다.

– 이번에는 어떻게 이렇게 직접 수선대에 오시게 되었는지요? (수시로 왕래하나 지금 이 순간은 헤로도토스에 있다.)

저희는 모두 누가 시켜서 수선대에 간 것은 아니며 자진해서 간 것입니다. 우리 헤로도토스인들은 모두 수선재의 발전을 기원합니다. 수선재의 발전은 우주의 진화에 일조를 할 것입니다.

수선재의 맑은 파장이 날로 증대되어 가고 있음은 우리 모두의 기쁨입니다. 매일 갈 수 있는 분들은 매일 한 번씩 다녀갑니다. 지금은 준비 단계이므로 다녀가는 분들은 각자 하는 일이 다릅니다. (집 짓는 이, 정원 가꾸는 이, 물품을 개발하는 이 등 다양한 분야의 전문가들이 다녀가고 있으며 이들이 수선대 관련인들에게 앞으로 파장을 전해주려고 하고 있다.)

저희들은 저희들이 할 수 있는 일을 할 것입니다. 지금은 헤로도토스에 있으나 의념하는 즉시 수선대에 가므로 하루에도 몇 번씩 다녀갈 수 있습니다.

– 지금 단계에서 수선재 식구들에게 무엇을 도와줄 수 있는지요?

기(氣)적으로 도와드릴 수 있습니다. 공부의 스케줄에 개입하지 않는 선에서 우리가 지원할 수 있는 것을 할 것입니다. 주로 주변의 환경을 바꾸어 주는 일을 할 것입니다.

– 무엇을 서로 나눌 수 있습니까?

저희들은 수련생 개개인의 일에 대하여는 가급적 상관하지 않는 것을 원칙으로 합니다. 개개인의 일은 겪을 만큼 겪어야 하는 것이므로 이 과정에서 저희들이 도움을 주는 것은 결국 학교에서 시험을 볼 때 컨닝을 허용하는 것과 같이 실력을 쌓을 수 없으므로 다음 시험에서 자동으로 낙방하는 결과를 초래할 것입니다. 바람직한 일은 아닙니다.

– 일전에 수선대에서 아름다운 팔문원 무지개를 보여주셔서 고마웠습니다.

고생하시는 선생님께 드리는 저희들의 작은 선물입니다. 고마워하실 것 없으십니다. 저 친구(손으로 가리키는 곳에 키가 약간 작은 헤로도토스인이 있다.)가 한번 보여드린다고 하여서 그냥 놓아두었습니다마는 즐거워하셔서 저희들도 기뻤습니다.

– 수선재에 대하여 어떻게 생각하고 계시는지요?

아주 반갑게 생각하고 있습니다. 수련생들이 이 과정을 성공적으로 수료하신다면 적어도 저희들과 동격이 되거나 아니면 선계로 바로 입적하실 것입니다. 선계에서 상당한 파장이 지원되고 있으며 이러한 곳은 흔치 않습니다. 감축드립니다.

– 고맙습니다. 헤로도토스에서도 지원을 아끼지 말아 주십시오.

물론입니다. 저희들도 할 수 있는 모든 것을 할 것입니다. 대신 선생님의 수련을 참관할 수 있는 기회를 주시면 감사하겠습니다.

– 그렇게 하겠습니다.

선인이 되는 수련을 참관하는 것은 저희로서도 큰 광영입니다.

– 자주 보시지요.

좋습니다.

* 수선대(樹仙臺)는 수선재의 본부를 말합니다.

해외에서의 수선재

"미국은 앞으로도 상당 기간 세계의 중심에 있을 것이다. 허나 앞으로 동양 쪽으로 기운이 옮겨오고 있는 것은 분명한 이치이다."

미국의 경우는 중심지인 000에 본부를 설립하는 것이 바람직하다. 미국의 어느 주도 이 곳에서는 가까우며, 이 곳에서 미국의 전역을 관리하기 편리하다. 미국의 경우 이미 기운이 정리되고 있어 흐르는 방향이 없으므로 중심이 좋은 것이다.

정신문명이 아무리 발전해도 이것을 전달하는 것이 물질문명이며, 따라서 물질문명은 정신문명의 수단이므로 이것을 적절히 이용할 수 있는 것이 필요하다. 수련 장소로서 산악 지역이 바다에 인접한 곳보다 나은 이유는 침엽수의 기운이 개혈에 필요하며, 이 침엽수가 많은 지역이 수련에 더욱 적합하기 때문이다. 사람이 많은 것은 좋지 않으나 잘 다닐 수 있는 것은 필요하다고 할 수 있다.

미국의 경우 교통수단이 상당히 발달한 편이며 이러한 이점을 잘 이용한다면 지리적인 문제는 해결 가능하나 그래도 중심에 위치함은 기(氣)적으로 다양한 이점이 있다.

중국은 일어난다.

허나 순식간에 일어나는 것은 아니며, 시간을 두고 점차적으로 일어나는 것이므로 갑작스런 균형의 이동은 없을 것이다. 허나 앞으로 동양 쪽으로 기운이 옮겨오고 있는 것은 분명한 이치이다. 이 기운이 일본을 넘어오는 것은 분명하나 일본에 머무는 일은 없을 것이며 한국을 통과해 갈 때 이 기운의 변화를 잘 잡아야 한다. 한국을 넘어갈 때 잡지 못하면 다시 기회가 오는 데는 많은 시간이 걸릴 것이다.

수선인들의 역량으로 인하여 한국에 머무는 기간을 늘릴 수 있다. 기운이란 어느 곳을 막론하고 계속 정지하지는 않는 것이며 어느 곳에서 얼마나 머무는가 하는 것이 중요한 것이다.

다른 국가라고 한다면 티벳 쪽과 인도 등을 들 수 있으나 아직은 신경 쓸 단계가 아니다.

미국은 가능한 한 속히 기반을 조성할 필요가 있는 곳이며, 가급적 현지인들이 나서서 할 수 있도록 함이 좋다. 중국 역시 현지인들로 하여금 기반을 조성하도록 함이 좋으나 이러한 일은 우선 국내에서 바람을 일으키는 것이 중요하다고 할 수 있다.

고급 수련세계를 바라보는 정신계의 지도자급은 항상 있는 것이며 이들과의 교류를 통한다면 가능할 것이다.

중국은 동쪽에서 서쪽으로 기운이 들어가고 있으므로 중국의 동쪽이면 상관없다. 북경이나 상해, 연변 모두 동쪽에 속하므로 어느 곳을 정해도 무방하나 가급적 영향력이 큰 동쪽을 든다면 북경이나 상해를 들 수 있다. 이 두 곳은 우선 순위가 유사하다.

미국은 앞으로도 상당 기간 세계의 중심에 있을 것이다.

물질문명은 인간으로서는 절대적으로 필요한 것이며 이 필요한 것을 가지고 있는 한 그 위치가 쉽게 변하지 않을 것이다. 쉽게 변하지 않는 이유는 미국의 경우는 물질문명뿐 아니라 물질문명에 대한 정신적인 것까지도 가지고 있음에서 연유한다.

정신문명은 선계와 같이 절대적인 정신문명이 있고, 지구의 정신문명과 같이 물질적인 것의 지원을 받는 정신문명이 있으며, 물질문명도 현재의 미국 문명과 같이 정신문명의 기반을 필요로 하는 물질문명과 유인원의 단계와 같이 정신문명의 기반이 필요 없는 물질문명이 있다.

따라서 물질문명은 육신을 가지고 있는 단계에서는 어쩔 수 없는 필요성이 있는 것이며, 이러한 수단을 수련을 위하여 적절히 이용할 수 있어야 하는 것이다. 물질문명과 정신문명이 혼재하는 한 양자 간의 갈등이 존재할 수 있으며, 금번의 테러사건 역시 물질문명과 정신문명의 갈등에서 오는 역기능 중 하나라고 할 수 있다.

순기능은 양자가 결합하여 물질문명을 통한 정신문명의 발전을 가져오는 것이다. 가까운 예를 든다면 수선인들이 물질문명을 이용하여 행련(行錬)을 함으로 인하여 상승 효과를 가져오는 것이며 수련을 위하여 인터넷을 이용하는 것 등이다.

정신문명의 하급 단계와 물질문명의 상급 단계는 중첩되는 부분이 있으며 이 부분에서 물질이 정신의 영역으로 진화할 수 있는 것이다. 허나 인간이 최종적으로 진화를 마무리하는 것은 정신문명에 의해서이며, 정신문명의 최종 목표는 자신 즉 우주를 찾아서 일체화하여 나가는 것이다.

일부 종교가 중생의 애로점을 찾아서 대신 해결해 주는 것은 윤회의 사슬을 벗어날 수 없는 중생들에게 다소 편리를 제공함에 목표를 두고 있는 것이며, 점차 인간의 영적인 개발 과정이 자신을 찾아 들어가는 위치에 있게 되면 자신의 애로점을 자신이 해결하는 단계로 가는 것이며, 이것이 진정한 프로의 세계인 것이다.

자신에 대하여 책임을 지는 자세는 자신의 책임을 회피하지 않으며 벌을 받든 상을 받든 정정당당히 맞서서 해결하는 것이다. 이러한 단계는 하급 영체들에게는 해당되지 않는 것이며 상급 영체들에게 해당되는, 해업(解

業)으로 인한 수직 향천으로의 직결 통로이다.

하급 종교일수록 신도들의 가려운 곳을 긁어주는 것이 효력을 발휘할 것이나 고급 종교일수록 자신을 찾아 들어가는 방법을 알려줌으로써 모든 것을 스스로 해결하는 방향으로 나갈 것이다.

진정 자신의 업을 해소하는 방법은 자신이 풀어나가야 하는 것이며, 아무리 부모의 힘이라고 해도 그것은 타인의 힘이므로 그러한 방법으로는 자신의 업을 해소하지 못할 뿐 아니라 오히려 업을 두터이 할 뿐인 것이다.

우주에서 가장 영력이 높은 별

"선계의 의지는 지구의 모든 사람들이 본성을 찾음으로써 지구가 우주에서 가장 영력이 높은 별이 되는 것이다."

000는 수선재의 본부로서 나무랄 데 없는 곳으로 선계가 준비해 둔 곳이었다. 이제 하늘의 뜻을 펴는 과정에 있어 만 분의 일 정도를 이룩한 것이라고 할 수 있다. 하지만 만 분의 일이 모든 일을 추진할 계기를 만든 것이니 중요한 큰 고비를 넘긴 것이라고 볼 수 있다.

이렇게 중요한 고비는 모든 사람이 힘을 모아 밀어붙일 때 넘길 수 있는 것이며, 단계마다 하여야 할 일이 있는 것이다.

선계의 의지는 지구의 모든 사람들이 본성을 찾음으로써 지구가 우주에서 가장 영력(靈力)이 높은 별이 되는 것이며 이후 우주의 뜻을 펼 수 있는 도구가 되는 것이다. 지금도 지구는 높고 강력한 파장을 발사하고 있으나 이것이 너무 지구적인 것에 치우쳐 있으므로 우주의 발전을 인도할 수 있는 파장과는 거리가 있다고 할 수 있다.

따라서 수련을 통하여 파장을 우주에 연결하고 우주 전체에서 지구의 위상을 높이며, 지구 인간의 능력을 우주적인 것으로 발전시켜 모든 이들이 편안하게 생활할 수 있는 중심 별로 만들고자 하는 것이다.

현재의 수선대만으로는 이러한 역할을 함에 부족한 점이 있으며, 따라서 온 우주에 연결될 수 있는 파장을 주고받을 수 있는 장소가 필요하다.

수선재는 타 수련 단체에 비하여 차별적인 수련을 하고 있으며 소아에서 벗어나 대아를 추구하고 있다. 이러한 수련은 우주에서 가장 바람직한 수련 방법으로서 현재 빛나는 문명의 발달을 이룩한 모든 별들이 이러한 수련 방법으로 문명의 위기를 넘기고 진화의 단계를 도약하였다.

현재 수선재의 목표는 결코 작은 것이 아니며, 누구나 할 수 있는 것도 아니다. 엄선된 천수체들만이 할 수 있는 일이며, 이 일을 지구 최초로 현재의 수련생들이 하고 있는 것이다.

지구에서 인간 수 명을 천도하는 것으로도 상당한 능력을 인정받는다. 하물며 수천이나 수만도 아닌 수십 억을 천도할 수 있는 기반을 조성하는 일은 그 자체로서 감히 생각할 수 없는 의미를 갖는다.

지구 인간에게 이렇게 큰 뜻을 지닌 임무가 내려온 적은 있었으나 받아들이는 사람들이 당시의 인간의 수준에 적합한 방법으로 수용하였으므로 더 이상의 진화가 어려웠던 것이다.

금번 000 매입은 이러한 기반을 조성함으로써 인류의 영적 도약의 기반을 조성한 것이며, 수선재가 창설된 것과 유사한 정도의 발전을 이룩한 것이라고 할 수 있다. 이 과정에서 마음을 모아 뜻을 함께 한 수련생과 앞으로 참여할 수련생들은 선계에서 공로를 인정할 것이며, 현재까지 수선재를 알고 함께 하던 많은 선인들 역시 기쁨의 파장을 보내는 바이다.

선계 역시 OOO에 대한 기 마당 조성에 착수할 것이며, 가능한 모든 지원을 할 것이다. 대 도약의 기반 조성을 진심으로 축하한다.

─ OO 건축에 대한 마음가짐은 어떠해야 하는지요?

OO은 마음으로 짓는 것이다.

지상에 건축되는 선계의 물건들은 선계의 기운과 인간의 정성이 모여서 완성되는 것이다. 마음이 없다면 천기가 결핍되어 아무리 튼튼히 지어도 부실 공사가 될 것이며, 마음이 있다면 있는 재료만 가지고 지어도 도저히 무너질 수 없이 될 것이다.

모든 이들이 한 마음으로 뭉쳐서 티끌 하나만으로도 버틸 수 있도록 하여야 한다. 모든 수선인들이 마음으로 모래 한 알, 벽돌 한 장을 만들어 짓는다고 생각하고 공사에 임할 것을 요한다. 수련생들이 자신이 할 수 있는 부분을 제공하는 것도 좋다.

앞으로 수련을 할 수련생들은 신천지(국내 지부와 해외 지부) 개척에 전념하도록 한다. 모든 일이 잘 될 것이다. 허나 선계의 지원은 전 수선인들이

한 마음으로 노력할 때 있을 것이다.

수선재 본부의 건설은 또 하나의 공부이며 이 공부는 너무나 중요하니 실수가 없어야 할 것이다.

모두의 노고를 치하한다.

2장
영원한 우주의 도반

세 가지 도반

"도반은 영원히 함께 할 동료들이므로 진심으로 상호간에 예의를 갖추어서 대해야 할 대상인 것이다."

도반(道伴)이란 수련의 길을 함께 가는 동료이다. 이 세상에서 가장 큰 도움을 줄 수 있고 받을 수 있는 관계이다. 이 도반은 수련의 길을 감에 상호 어떠한 도움을 줄 수 있는가에 따라 세 등급으로 구분되며, 상급 도반, 중급 도반, 하급 도반이 있다.

상급 도반은 절대적인 위치에서 도반들을 이끌어 가는 도반이다. 스승과 스승에 버금가는 사숙, 사형 이상의 도반이 이에 해당된다. 수련의 동기 부여와 함께 중간 점검, 추후 수련중 흔들림이 올 때 잡아주는 역할 등은 이들에 의해 이루어지며 따라서 수련 선배로서의 역할을 확실히 하고 있는 단계이다.

수선재에서는 이미 사형과 사제가 서서히 구분되고 있다. 사형이 사제보다 모든 면에서 나을 수는 없으나 수련의 면에서 가장 중요한 핵심적인 한 가지 이상은 반드시 나은 것이 있어야 사형으로서의 위치를 고수할 수 있다.

예를 들면 호흡법에서부터 글쓰기, 도인법 등 어떠한 것을 통하여서라도 끝까지 갈 수 있으면 선계로 진입할 수 있는바 이러한 것 중 한 가지를 확실히 익혔다 함은 산 정상을 오를 수 있는 골짜기나 등성이를 발견하였음을 의미하는 것으로서 사제를 비롯한 후학들에게 존경받을 결과를 이루어 낸 것이다. 후학들에게 절대적인 도움을 주는 도반이다.

중급 도반은 자신과 함께 수련을 하는 동료이다. 수련으로 뭉쳐 흔들림이 없는 단계로서 약간 진도가 빠르고 늦고의 문제가 아니며, 수련에서 한 단계를 넘었는가 아닌가에 따라 구분된다.

수선재에서는 다양한 중급 도반들이 형성되기 시작하였으며, 수련생들이 이 중급에 이르면 마음의 흔들림이 눈에 뜨이게 줄어든다. 중급 도반의 단계가 되면 수련으로 자신을 완성시킬 확률이 높아진다.

상호간에 밀어주고 끌어주는 움직임이 구체화되며 서로 아끼는 속에서 하늘이 이들의 마음에 안착(安着)하기 시작하므로 상호간에 대하는 태도가 다르고, 사물을 보는 시각이 달라지며, 공부에 대한 기본 관념이 확립된다. 서로 무엇을 도와주어 상대를 견성(見性)으로 이끌 것인가를 생각하는 도반들로서, 천기 기반의 선계에서 선인의 반열에 오를 예비 선인으로서의 기초적인 검증이 완료된 수련생들이다.

수선재의 중간에서 선배를 모시고 후학을 지도하며, 동료 상호간에 긍정적인 도움을 줄 수 있는 핵심적 역할을 하는 도반들이다.

하급 도반은 수련의 기초 단계에 든 수련생들로서 아직 심오한 면을 잘 모름으로 인하여 도(道)의 개념 파악이 제대로 확립되지 않아 나름대로는 알고 있다고 생각하나 사실은 깊이 모르고 있는 단계이다.

이들은 아직 상호간에 흔들기를 좋아하며, 상대방을 아낄 줄 모르고 상대방이 가진 것을 앗으려 하며 어떻게든 기존의 습인 속의 욕심을 수련 동료에게 드러내는 경우가 있어 동료들에게 피해를 주는 경우도 있다.

이러한 도반은 공부의 교재로 사용함에는 좋을 것이나 교재임이 밝혀지기 전에는 비슷한 수준의 동료들이 이들로 인하여 피해를 입을 가능성이 있다. 이들은 생각이 단순하여 지도하기에 따라 상당히 빨리 자리를 잡을 수도 있으니만큼 가장 신경을 써야 할 집단이다. 이들에 대한 교육 등 지도는 중급 도반들이 담당하여 선계로 이끌어야 한다.

비 도반은 아직 수련에 들지 않은 수많은 중생들로서 교화의 대상이다.

수련이란 상급 도반에 의해 이끌어지고, 중급 도반에 의해 공고해지며,

하급 도반에 의해 발전되는 것이다. 각기 자신의 역할을 구분하여 초급은 속히 중급 도반의 반열로, 중급 도반은 상급 도반의 반열에 오를 수 있도록 하여야 한다.

도반은 영원히 함께 할 동료들이므로 이승의 어느 누구보다도 진심으로 상호간에 예의를 갖추어서 대해야 할 대상인 것이다.

가장 소중한 인연, 도반

"도반은 반스승이요, 동반자이니 이 세상에서 가장 소중한 인연 중의 하나인 것이다."

수련으로 인한 일정의 앞당김은 학교를 조기 졸업하면서도 학점은 전부 따야 하는 것과 같다. 윤회의 사슬 속에서 1년에 걸쳐 천천히 옮겨도 될 짐을 수련으로 끊어버리기 위해서는 오늘 당장 모든 짐을 날라야 하는 것과 같으니 어찌 몸이 피곤하지 않을 수 있겠는가?

하지만 그러한 것을 인내하고 참아내지 못한다면 선계에 들어갈 수도 없거니와 들어간들 할 일이 없다.

선계란 누가 시켜서 일을 하는 곳이 아니오, 스스로 알아서 우주를 위해 짐을 지는 곳이다. 어느 선인을 불문하고 인간 세상의 다사다난함을 모르는 분이 없으며, 이분들의 채점 결과에 의해 자신의 선계 입학이 결정되는 것이며, 따라서 어제도, 오늘도, 내일도, 그리고 살아있는 한, 합격 결정이 나오기 전까지는 전부 시험인 것이다.

인간 세상에서는 단답식, 주관식, 객관식, 실기시험, 체력장 등 다양한 시험 방법이 있으며 면접시험과 같이 일정 시간을 함께 하는 방법도 있다.

수련에 들었을 경우 닥쳐오는 시험은 인간 세상의 시험 유형과 상당한 차이가 있어 인간으로서는 상상하기 어려운, 너무나 다양한 방법이 행해지고 있다.

지금 이 순간 각자가 생각하는 것 모두가 시험인 것이며, 그 생각의 결과로 나온 모든 행동이 답안이고 그 답안에 대하여 채점을 하는 것이 시험 결과인 것이다. 그 시험 결과는 리얼타임(real time)으로 선계에서 분석되어 기록되고 있다.

이러한 시험에서 벌점이 나오는 경우가 두 가지가 있으니 하나는 하늘의 뜻을 거스르는 것인바 이 유형에는 스승의 뜻을 거스르는 것과 도반의 뜻을 거스르는 것이 있다. 그 다음이 인간 세상의 도리를 거스르는 것으로서 인간으로서의 도리를 다하지 못하는 것이다.

뜻을 거스른다 함은 상대방이 알고 있는 것을 거스르는 경우와 모르는 것을 거스르는 경우가 있는바, 모르는 것을 거스르는 경우 하늘이 주는 벌점이 더 높다.

벌점이 높은 것은 속인다는 사실을 알고 있으면서 행하는 것인바 살아있는 스승과 도반을 잠시 속일 수는 있을 것이나 하늘의 판단으로 채점이 되는 것이며, 이러한 시험 결과를 본인이 나중에 알 수 있는 경우는 다행이나, 모르는 경우는 운이 다한 것이다.

이러한 문제풀이에서 자신에게 가장 큰 도움을 줄 수 있는 사람이 바로 허물없이 문제를 의논할 수 있는 도반이다. 도반에 대한 도리의 미 실행은 곧 자신의 일을 도와 줄 수 있는 사람을 하나씩 잃어 가는 것이니 어찌 금생에 모든 허물을 벗을 수 있을 것인가?

따라서 도반에게 실수를 하지 않아야 함은 물론이나 상대 도반이 실수를 하였을 경우 즉시 지적해 주어야 하는 것이며, 이러한 지적을 감사히 받아들일 수 있어야 하는 것이다.

이 세상에서 가장 아껴야 할 사람이 스승이요, 다음이 도반인바 실생활에 있어서 스승과의 거리는 한 뼘이요, 도반과의 거리는 반 뼘이니 도반이 더 가깝다고도 할 수 있는 것이다.

가장 가까운 사람들과의 사이에서 도리를 지킬 수 있는 사람이 수련에서도 성공할 것이다. 도반에게 실수를 하는 것과 도반의 실수를 지적하지 않고 방치하는 것, 도반의 지적을 감사히 받아들이지 않는 것은 동일한 차원의 과오이다.

도반은 반스승이요, 동반자이니 이 세상에서 가장 소중한 인연 중의 하나
인 것이다.

짐을 나누어 질 수 있는 도반

"어느 도반의 짐이 무거운가 살펴보고 나누어 질 마음으로 함께 하는 자가 바로 도반인 것이다."

도반이란 이 세상에서 가장 중요한 동반자이다. 끊임없이 무엇을 줄 것인가를 연구하여야 하고 상호간에 무엇을 더 도와주어야 할 것인가를 생각해야 하는 동료인 것이다.

이 도반은 인간의 습이 몸에 배어있을 때는 더없이 소중한 것을 모를 수 있으나 나를 발전시키는 것은 바로 도반이며, 이 도반으로 인하여 내가 금생에 수련을 마칠 수 있는 것이다.

도반 중에는 소중해 보이는 사람만 있는 것은 아니며 이 세상에서 가장 미운 사람도 있을 수 있다. 이 세상에서 가장 미웠던 도반이 본인의 수련 단계가 높아짐으로써 평정심을 찾고 나면 더없이 고마운 사람이 되는 것이다.

이러한 계기는 상호간에 양보하는 것에서 나온다. '미운 놈 떡 하나 더 준다.' 는 말은 하늘의 말이 인간의 입을 빌어 내려온 것이며 따라서 하늘의 말이지 인간의 말이 아니다.

선인화를 지향하는 선계수련은 미움의 끝이 고움의 끝과 일치함을 보여
주는 것이며, 이것의 일치는 음과 양의 조화, 하늘과 땅의 조화와 유사한
것으로서 모든 것의 중화점이 어디에 있는가를 찾아 들어가는 수련인 것
이다.

금번 지부 개원 과정에서 보여준 상호간의 아낌과 배려는 한층 성숙한 수
련생의 모습을 보여주고 있다. 아무리 수련이 많이 되어 선후배의 경지가
달라진다 한들 사형은 사형이며 사제는 사제이다.

다만 역할이 달라질 수는 있는바 후배가 짐을 많이 질 수 있으면 선배의
짐을 나누어 지고 가는 것이며 이것이 선배를 도와주고 수선재의 짐을 나
누어 지는 것이다. 후배가 지는 짐이 무거워 보인다면 선배가 또한 나누
어 지고 가는 것이며 이러한 모습이 진정 서로의 마음에서 우러나오는 것
이 선인화인 것이다.

선계수련에서 일꾼은 짐을 얼마나 질 수 있는 능력이 있는가에 달려 있는
것이며, 짐을 지려면 자신이 짐을 얼마나 질 수 있는가부터 먼저 검토해
볼 것을 요한다. 짐을 지고 간다고 하면서 짐을 지고 출발해서는 중도에

내려 놓아서 타 수련생이 지고 가는 일도 없어야 하거니와 지고 가야 할 시기에 지고 갈 힘이 없어서 못 지는 일이 있어서도 안 된다.

지금까지 모든 수련생들의 마음을 모아 수련을 잘 하여왔거니와 이제부터는 수련의 결과가 가시적인 성과로 나타남이 필요한 시기로 접어들고 있다.

이러한 시기로 접어들수록 수련생들의 상호 응원이 필요하다. 상호 응원이라 함은 서로 상대가 지고 가는 짐이 무거워 보여 서로 나누어 지려는 마음가짐을 가지는 것이며 수련생 개개인이 자신의 역량으로 자신이 질 수 있는 만큼의 짐을 지고 갈 수 있도록 마음의 준비를 하는 것이다.

이제 준비 단계가 거의 마무리되어 가고 있다. 어느 도반의 짐이 무거운가 살펴보고 나누어 질 마음으로 간다면 동일한 노력으로도 더욱 먼 길을 갈 수 있는 것이 바로 수련인 것이며 이 과정을 함께 하는 자가 바로 도반인 것이다.

도반의 결점을 일찍 발견하여 정정해 주는 것이 바로 도반의 일이며, 이러한 노력이 수련생의 전인화(全人化)에 한층 다가설 수 있도록 할 것이다.

등불이 되는 도반

"밤중에 불빛을 보고 미물들이 모이듯 주변의 천수체들이 수선인들을 보고 다가올 수 있도록 각자가 하나의 등불이 되게 된다."

도반이란 이 세상 최고의 가치이며, 가장 지향하여야 할 목표이다. 수련을 스승이 알려주는 것과 알려주지 않는 것이 다르듯, 수련에 있어 선배가 있는 것과 없는 것이 다르며, 후배가 있는 것과 없는 것이 또한 다르다.

한 명이 할 수 있는 수련이 있으며 서너 명 이상이 모여야 하는 수련이 있고 모든 수련생이 공동으로 하여야 하는 수련이 있으므로 동일한 수련이라도 한 사람이 하는 것과 여러 명이 하는 것이 그 효과가 다르다.

모든 수련생이 공동으로 하여야 하는 수련은 모든 수련생이 힘을 모아 하여야 하는 수련으로서 한 사람의 힘으로는 1층을 쌓을 수 있는 것을 열 명이 20층이나 30층을 쌓을 수 있는 것과 같은 것이다.

선계란 시너지 효과 역시 극대화되는 곳이어서 수련생의 진심들이 모여 이것이 선인을 움직이면 상상할 수 없을 만큼의 보답이 올 수 있는 곳이다. 한 사람이 벽돌 한 장을 쌓을 수 있다면 열 사람은 50장을 쌓을 수도 있는 것이며 100명이 모이면 1,000장을 쌓을 수도 있는 것이다.

이러한 효과는 J-커브(curve)로 나타나 수련생들이 힘들이지 않고 수련을 할 수 있는 기반을 만들어 나갈 수 있는 것이다.

* J-커브: 발전속도가 가속화하여 그래프의 선이 J자를 그리는 것을 말합니다.

이러한 효과는 한 수련생이 한 사람의 천수체를 찾아내는 것에 비교한다면 10명이었을 때는 곱하기 2하여 20명이 되나 20명이 곱하기 2하면 40명이 되는 것이며, 40명이 곱하기 2하면 80명이 되는 것처럼 엄청난 상승효과를 가져오는 것을 생각해 보면 알 수 있을 것이다.

수련생들이 처음 선인이 되고자 공부를 시작하였을 때는 그 시작이 미약하기 그지없었으나 현 시점에서 돌아볼 때 당시로서는 상상할 수 없는 발전을 이룩하였으며 이러한 모든 움직임이 수련생 자체의 역량으로 이루어져 나가면 언제나 반드시 선계의 지원이 있음을 알 수 있을 것이다.

모든 도반들의 역량이 수선재가 계획하고 있는 대로 발전해 나갈 수밖에 없는 이유는 도반의 역량이 결집될 수 있는 기반 조성이 완료되었음에 있다. 이 단계는 발전을 위한 첫번째 도약 준비의 완료 단계로서 이 단계를 성공적으로 통과하였으며 이미 수선재의 저수지에서 흘러 넘친 기(氣)가 주변의 농경지를 촉촉히 적셔주기 시작하였음을 의미하는 것이다.

이러한 원대한 목표가 달성되면 수선재의 각 대륙 지부장들이 모여서 회의를 할 수도 있을 것이며, 모든 수선인들이 한 푼의 여비 없이도 마음 편히 전 세계의 각 지부에서 숙식을 하면서 선계의 볼텍스를 돌아보며 수련할 수 있는 날이 올 것이다.

이러한 목표의 가능 여부는 모든 수련생들이 어떠한 생각으로 수련과 일상생활에 임하고 있는가에서 나온다.

인간 자체가 모범적이지 않으면서 단순히 타인에게 보이기 위해 모범적인 행동을 하려 한다면 본래의 인간과 보이려 하는 인간이 상호 다름으로 인하여 '두 개의 나' 사이에 갈등이 생기고 이것이 탁기로 주변에 뿌려질 것이다. 그러나 수선재의 수련을 열심히 한 수련생의 경우 이러한 불필요한 갈등이 없이 스스로 자신의 내부에 자체 정화기능이 작동됨으로써 저절로 주변의 사람들이 천수체가 과연 다름을 알아볼 수 있도록 변화될 것이다.

본인의 노력에 비하여 하늘의 지원이 더욱 크게 내려오고 있으며, 이 지원을 받기 위한 조건은 본인이 스스로 자신을 돌아보고 타인이 보는 자신이 어떠한지를 확인하여 더할 것과 덜어낼 것을 찾아내어 이를 실천하는 것, 즉 수련을 하는 것이다. 이 과정에서 도반들끼리 상호간에 자신의 모든 것을 털어놓고 상의할 수 있는 마당이 바로 지부이며 이 지부를 많이 만들어 나감으로써 지구별을 정화해 나가는 것이 바로 도반 모두의 역할인 것이다.

이러한 수련의 결과 수선인들은 모든 생활에서 주변 사람들에게도 모범을 보이게 되며 이러한 모습이 하나의 표준이 되어, 밤중에 불빛을 보고 미물들이 모이듯 주변의 천수체들이 수선인들을 보고 다가올 수 있도록 각자가 하나의 등불이 되게 된다.

범인들이 알아볼 수 있는 등불은 바로 모범적인 행동이다. 이 모든 것이 현재 수련하고 있는 수련생들이 자신과 도반의 역량을 어떻게 활용하는가에 달려있는 것이며 도반의 힘이 모이면 상상할 수 없는 에너지가 활용 가능함을 명심하라.

도반들의 힘이 모이면 지구를 둘러싸고도 남음이 있다. 상호간에 가장 아껴야 할 가치는 바로 '도반의 마음이 하나로 모이도록 노력하는 것'이다.

도반들의 마음이 모이면 무엇이든 가능하다.

도반을 위해 존재하는 도반

"도반 상호간에 반드시 하여야 할 일은 바로 도반끼리 서로 아끼고 사랑하는 일인 것이다."

도반은 도반을 위해 존재한다. 도반이 도반을 서로 위함으로써 도반끼리의 필요성이 증대되는 것이며, 이 필요성을 충족시킬 수 있는 자가 바로 도반이다. 따라서 도반은 상호간에 반드시 하여야 할 일이 있으니 이 일이 바로 도반끼리 서로 아끼고 사랑하는 일인 것이다.

도반은 도반에 의해 도반에게 인도되며 도반에 의해 수련을 하게 되니, 도반을 인도한 자와 도반을 수련시킨 자는 꼴찌를 수석으로 이끈 선생과 같이 범인을 선인으로 격상시키는 일을 한 실적을 하늘이 높이 평가하는 것이다.

이러한 작업의 일환으로 수련할 수 있는 장소와 천기의 발신장소인 지부 설립이 필요하다. 동일 지역에 다수의 지부 개원은 이로 인하여 한 개의 지부가 두 개로 나뉘는 결과를 가져온 것으로 생각되어 인력이 분산된 것으로 보이기 쉬우나 상호간에 상승 효과가 발생할 것이므로 더욱 큰 보답이 있을 것이다.

우선 많은 수련생들이 수련할 수 있는 자리가 만들어진 것은 잔류한 수련생들이 당분간 소수의 인원이 할 수 있는 수련에 전념함으로써 스스로의 격을 높이고 이로 인하여 많은 수련 후보생들이 기(氣)의 향기를 맡고 다가오도록 능력을 배양할 수 있는 것이다.

기존의 지부는 기 마당이 구축되는 등 기반이 형성되었으니, 반드시 필요한 수련생을 제외하고는 신규 지부에 보내주어 새로운 지부가 신속히 자리를 잡도록 지원하는 것이 형(兄)으로서의 도리이며, 상호 시너지를 발생시키는 가장 좋은 일이다.

동생을 도와준 형은 그로 인하여 부모의 사랑을 받는 것이며 동생 역시 형의 아낌에 보답할 방법을 연구하는 것이니 이러한 것에서 생기는 상승효과로 하늘의 배려를 받을 것이다.

선계의 형이란 설령 약간의 외형적인 부족함이 있어도 형인 것이며, 내적인 것은 수련으로 평가받는 것이다. 허나 신규 지부의 회원들은 월 1회 정도 날짜를 정하여 기존의 지부에 모여 함께 수련함으로써 형제 지부 간의 우애를 다지고 상호 부족한 것이 무엇인가를 살피도록 하라.

선후가 분명한 선계의 원리에 따라 그동안 해당 지역에 최초로 기운을 전파한 지부는 맏형의 이름으로 영원히 남게 되니, 해당 지역 최초의 지부를 형부(兄部)로 호칭할 것이며 명륜지부는 명륜형부가 될 것이다.

형부를 창설한 공로는 최초의 교두보를 확보한 공으로 수선재를 창설한 공로 다음으로 중요한 것이며 다음이 지부 개원이다. 동일 지역 내에 지부가 두 개 이상 될 경우 최초의 지부가 형부로 격상되며 지부가 3개 이상 될 경우 다시 지역 본부로 격상된다.

명단은 지부의 수련생들도 형부와 지부에 동시 등재되며 단지 수련 장소만 자신이 주로 다니는 지부를 이용하는 것이다. 앞으로도 동일 생활권에 새로운 지부가 창설될 경우 이러한 전통을 유지하는 것을 원칙으로 한다.

새로운 지부에 상당한 기운을 실어줌으로써 신속히 지부의 터가 잡힐 수 있도록 함은 형부의 입장에서 보아도 동생이 바로 설 수 있음으로 인하여 많은 도움이 될 것이다. 새로운 지부는 하여야 할 일이 많으며 따라서 많은 수련생들의 일손을 필요로 하는바 가시적인 것은 금방 끝날 수 있으나 기(氣)적인 것은 상당한 축적이 필요한 것이다.

금번과 같은 일은 더 많은 천수체들을 받아들일 공간을 마련한 것이니 소아(小我)에 집착하지 않고 대의(大義)를 볼 수 있는 기회이며, 이러한 과정을 넘기면서 하늘의 뜻과 자신의 뜻이 얼마만큼 일치하는지 확인해 볼 수 있는 것이다.

지부의 일은 바로 도반 전체의 일이자 수선인 모두의 일이다.

천선으로 연결된 도반

"이 천선에서 나오는 향기를 맡은 천수체들이 지속적으로 수선재를 향하여 올 것이다."

수선재의 역량 강화에 따라 앞으로 계속 수많은 지부가 창설될 것이다. 동일 생활권이 아니라 바로 옆에도 또 하나의 지부가 생길 수 있으며 나아가 집집마다 수련장으로 바뀔 것이니 지부는 모여서 수련하는 곳이요, 집은 각자가 수련하는 곳으로 모든 곳이 수련장화할 것이다.

이러한 수련 지역에 대한 천기 배분 기능은 해당 지역의 지부들이 담당할 것이며, 천기의 배분 장소인 지부가 많아질수록 해당 지역 일대의 기가 장해져서 상호간에 기력이 배가된다.

혼자 수련하는 것보다 수 명이 모여서 수련하는 것이 기(氣)적인 지원을 받음에 도움이 되듯 지부가 여러 곳에 설치되는 것으로 인하여 앞으로는 지부 간의 합동 수련이 가능하다.

개인 단위 수련과 단체 단위 수련은 군(軍)에 비유한다면 개인 단위 훈련과 소대 단위 작전, 사단 단위, 군단 단위 작전을 하는 것에 비유할 수 있으며, 소총 하나로 싸우는 것과 전차와 전투기, 항공모함을 동원하여 육, 해, 공군이 합동작전을 하는 것을 비교해 보면 이해가 쉬울 것이다.

나아가 외국군과 연합군을 구성하여 우주에서 작전을 하는 것과 같이 역량 증가에 따라 차원이 다른 상급 단계의 수련이 가능하며, 상급 단계의 수련으로 인한 세(勢)의 확대는 그 자체만으로 엄청난 기운의 파도를 만들어 낼 수 있는 것이다.

한 단계 위의 수련이란 단체 간에 기를 교류하며 강화해 나가는 수련이다.

*단체란 타 별의 진화된 우주인들을 말합니다.

단체 수련의 준비 단계에서 지부 간 교류역량의 강화를 위하여 신종 장비가 설치된다. 이번에 설치되는 신종 장비 중의 하나가 금번 명륜형부와 양재지부 간에 설치되는 천선(天線)이다.

*2001년 8월 27일 오후에 설치 완료하였습니다.

이 천선은 명륜형부의 안테나와 양재지부의 안테나 간을 연결하는 선으로서 이 선을 통하여 양쪽의 기운이 조화를 이루도록 한다. 따라서 명륜형부의 기운이 부족할 경우 자동적으로 양재지부의 기운이 오며, 양재지부의 기운이 부족할 경우 명륜형부의 기운으로 보(補)하기도 하나 근본적으로는 양 지부의 회원 숫자를 더한 것만큼의 기운이 양측에서 생성되므로 기운이 상당히 강화될 것이다.

이 천선은 굵기가 약 2mm이나 그 기능은 직경 수km에 달하는 것과 같으며 길이는 양 지부의 안테나를 연결한 만큼의 길이이다. 천선 자체가 송수신 안테나 역할을 하는 것이니 이 천선이 탁기를 흡수하며 천기를 발신할 것이다. 이 천선을 따라 서울 지역을 관통하여 흐르는 천기의 맥(脈)이 형성될 것이며 천선에서 발산되는 천기가 서울 전역으로 확산될 것이다.

이 천선은 현재는 가까운 서울 지역에만 설치되었으나 점차 전국 지부를 연결하도록 설치되어 본부와 형부, 그리고 모든 지부가 하나의 망(網)으로 구성되고 한반도 전역이 천선으로 연결되어 천기가 배달되지 않는 곳이 없게 될 것이다.

이 천선에서 나오는 향기를 맡은 천수체들이 지속적으로 수선재를 향하여 올 것이니 이들이 진실된 천기의 향기를 실감하여 속히 수련의 대열에 합류할 수 있도록 기존의 수련생들이 배려를 아끼지 않아야 하며, 이 단계의 준비를 철저히 하여 이들을 인도할 수 있도록 하여야 한다.

선배로서의 역할을 다하는 것은, 후배나 수련을 하고자 하는 사람들에게

기의 세계를 정확히 알려주는 것이며, 이 기를 통하여 모든 이들이 진화에 동참함으로써 우주의 대열에 합류하도록 하는 것이다.

강력해진 천기의 출력은 수련생들의 수련 진도를 앞당길 것이며, 이로 인하여 각 지부마다 선생으로 승격한 수련생들이 나타날 것이니, 앞으로 수련은 이들이 지도하게 될 것이며 스승은 이들에게 수련 지침을 알려주는 역할을 담당하게 될 것이다.

선배와 후배 간에 양보할 수 있는 것과 양보할 수 없는 것이 있으니 양보할 수 있는 것은 수련중 자신이 배워서 알아 낸 것이요, 양보할 수 없는 것은 수련에 대한 열정이다.

수선재의 지부가 있는 곳과 수선인들이 생활하는 곳은 천기의 발산으로 맑고 밝고 따뜻한 동네가 될 것이다.

도반이 있음은 상대 도반에게 존재의 가치를 부여하는 것이며, 후배에게 가야할 길을 알려주는 것이다. 도반들끼리의 인간관계 향상은 파장의 증대를 불러와 선계의 지원을 확대할 수 있음은 물론 이를 이용하여 또 다시 선행을 할 수 있으니 모두가 자신이 가지고 있는 것은 베풀기 위해 있음을 알라.

우선 수선인들끼리 상호간에 무엇을 줄 수 있을 것인가를 생각하여 이를 실천하고 나아가 주변인들에게 베풀면 이 세상이 수선인의 세상이 되어 평안한 세상을 만들어 나갈 수 있는 것이다.

인간의 능력으로 유한한 부분이 있으니 하늘만이 할 수 있는 일은 하늘의 일이다. 인간의 능력으로 가능한 부분도 혼자서는 불가능한 일이 많으며 도반이 있음으로 인하여 가능하다. 하늘의 원리는 항상 많이 비우는 자가 많이 받으니 기존의 지부는 많이 비움으로 인하여 형부로 승격하며 기운을 많이 받아 진화의 대열에 앞장 설 수 있게 될 것이다.

도반이다. 도반의 일은 모두 내 일인 것이니 도반의 증가는 바로 나의 역량 강화에 직결되는 것이다.

스승의 고통을 함께 하는 도반

"스승을 지근 거리에서 보좌하는 임무를 맡은 수련생들은 수선재의 등불을 지키는 등불지기이다."

수선재의 각개 지부는 또 하나의 수선재이며, 독립적으로 활동이 가능하도록 그 기능을 다지고 준비하여야 한다. 최초 수선재가 스승이 발간한 책 한 권에서 씨앗이 터서 시작되었듯이 이제부터 각 지역의 씨앗은 지부인 것이다.

이 지부의 지부장을 비롯한 모든 수선인들은 개개인 하나 하나가 각기 수선재의 씨앗임을 명심하고 자신에게 열린 수선재의 과일로 주변 사람들이 목을 축일 수 있도록 하라.

가장 어려울 때일수록 마음을 모으는 것이 가장 필요한 것이다. 선배와 후배가 마음을 모아 자신이 가진 것을 하나씩 양보하고 이것을 기반으로 소아에서 벗어나 대의를 추구할 수 있도록 하라.

앞으로 수많은 형부장(兄部長: 형부 지부장)들이 탄생될 것이니 특히 명심하여야 할 것은 형부장이란 나누어주는 자리이며 이 나누어줌으로 인하여 더 큰 것을 얻는 것이 하늘의 이치라는 것이다.

가진 것이 없으면 나누어줄 것이 없으니 자신이 가진 모든 것을 원 없이 지부에 주어 보도록 하라. 어느새 이 세상의 모든 것이 자신의 것이 되어 있을 것이다. 나누어줌에 있어 판단은 스승과 하늘의 기준으로 할 것이며 인간의 감정을 내포시키지 말 것을 권한다. 사적인 감정으로 하늘의 일을 한다는 것은 곧 하늘에서 멀어지는 길이다.

형부장이란 위로는 스승을 모시고 아래로 지부장들과 연합하여 일을 추진해야 하는 중차대한 역할을 담당한 것이니 앞으로 수선재의 참모는 각 팀장들이며 허리는 형부장들인 것이다.

앞으로 형부장들은 딸을 키워서 시집보내는 부모의 심정으로 수련을 하도록 하며, 형부 소속의 수선인들도 하늘의 뜻이 무엇인가를 알아 실천으로 옮겨 보도록 하라. 천인의 자질은 인간으로 있을 때 입증되어야 하니 무심으로 돌아가 다시 시작하는 마음으로 형부를 이끌어 보라. 하늘이 곁에 와 있을 것이다.

선계의 도반을 금생에 만난 것이 수선인이다. 이 수선인들 간에는 반드시 상호간에 역할이 있으며 이 역할 중에는 악역도 있고 선역도 있으며 주인공도 있고 조연도 있다. 허나 모두 자신의 역할이며 그 비중은 결과적으로 동일하다.

모든 것이 하늘의 일정에 의해 자신이 공부하고 타인을 공부시키는 것이니, 이러한 모든 것을 수련의 관점에서 바라보고 판단할 것을 권한다.

자신이 지금 당하고 있는 일이 인간 세상의 일로서 수련의 방향을 벗어난 일로 생각된다면 그것을 감수하는 마음이야말로 수련에 방해가 되는 온갖 것들이 모두 모여서 오는 것 같을 것이다.

허나 이 모든 것을 편안히 바라 볼 수 있는 단계에 가서야 수련의 기반이 조성된 것이라고 할 수 있다. 항상 새로운 시작이며 이 새로운 시작의 출발선에서 그동안의 모든 것이 시험되고 결과로 평가받게 된다.

인간이란 모든 것을 가능케 하는 구조로 탄생되었으나 상당 부분이 잠재되어 있어 그 잠재적인 역량을 개발하여 이용하는 방법을 모르므로 인간 이하의 생활을 하는 경우가 많다.

수선인들은 각자가 자신의 잠재역량을 개발하고 이 잠재역량의 개발을 통하여 본래의 자신을 찾아가는 길에 들었으나 이 중에서 단전을 놓치는 경우가 있어 본분에서 멀어지는 실수를 범하는 경우가 있었다.

단전을 놓친다 함은 수천 길 낭떠러지에서 매달려 있던 한 가닥의 로프를 잡고 있던 손을 놓는 것보다 더한 것이니, 차라리 아래나 중간에서 놓치면 충격이라도 덜할 것이나 거의 위에 도달하여 놓친다면 그 충격 또한 클 것이다. 이 단전을 놓치지 않는 길은 스승의 뒤를 열심히 따라가는 것이다.

스승이 하는 말 한 마디, 행동 한 가지가 모두 법이 배어 있는 것이니 절벽에서 어려울 때 앞에 가는 스승의 뒷모습을 놓치지 않고 바라보면서 한 발자국, 한 발자국 올라간다면 길을 잃을 일이 없는 것이다.

험로에서는 앞에서 길을 인도하며 가던 사람이 보이지 않으면 뒤로 돌아갈 수도 없는 경우가 있음을 안다면 이제 갈 길은 앞으로 가는 것뿐임을 알 수 있을 것이다.

이 험로 돌파에서 가장 중요한 것은 바로 앞에서 길을 알려주는 스승이며 스승의 그림자를 놓친다면 한 사람만을 놓치는 것이 아니라 전체 수련생들이 길을 헤매게 될 수도 있는 것이다.

따라서 스승을 지근 거리에서 보좌하는 임무를 맡은 수련생들은 스승을 지키는 것이 아니라 수선재의 등불을 지키는 등불지기이며, 이 등불이 모든 수련생들이 험로를 돌파할 때까지 꺼지지 않도록 온갖 비바람으로부터 지키고 기름을 부으며 살펴야 하는 것이다.

스승은 절벽 중간에서 아래에서 올라오는 수백 명의 제자들을 살피면서 한 손으로는 등불을 들고 어깨에는 나누어줄 양식을 메고 올라가야 하는 것이니, 그 힘겨움이 건강상에 무리가 될 수도 있는 것이나 현재의 단계는 쉴 여가가 없는 것이므로 다소간의 무리는 어쩔 수 없다.

스승의 역할이란 때로는 자신을 버려 제자들을 구하는 것이나 길을 전부 알려주기 전까지는 그럴 수도 없는 것이니 자신의 역할을 다한다는 것이 결코 쉬운 일이 아닌 것이다. 이러한 스승의 짐을 다소간이라도 덜어줄 수 있는 사람은 이러한 스승의 고통을 함께 할 수 있어야 한다.

스승의 안위는 수선재의 안위이며 선계의 안위인 것이다. 스승을 보좌하는 절대적인 임무는 모든 면에서 스승이 수선재의 발전을 위하여 전념할 수 있는 여건을 만드는 것이니 이것이 바로 수선재를 편안하게 할 수 있는 것이다.

선계수련의 도반

"도반의 교화는 물에 빠진 사람을 구하는 것과 같은 것이다."

수선재의 형부와 지부 간은 형제지간과 같으며, 수선대와 형부 및 지부 간의 관계는 부모 자식과 같다.

자식이 잘 될 수만 있다면 무슨 일이든지 할 수 있는 것이 부모의 마음인 것이다. 자식이 속세에서 글 몇 자 더 읽고 단어 몇 개, 공식 몇 개더 잘 아는 것만 해도 품을 팔면서도 힘이 나는 것이 부모이거늘, 하물며 피를 나눈 자식보다 더한 자신의 기를 나누어준 제자들이 선계에 등극하려 수련을 하고 있는데 가지고 있는 기운이 아까워 퍼주지 못할스승이 없는 것이다.

따라서 스승이 제자들에게 전력을 다하여 하늘의 기운은 물론 자신의 기운까지도 나누어주고 있으므로 스승의 기운이 남을 여지가 없다. 스승이 자신의 기운을 남기지 않고 여타 지부로 보내고 있으므로 스승이 거주하고 있는 수선대가 천기를 분배하는 통로 역할을 자임하고 있는 것이다.

이렇듯 양의 다소를 떠나서 각 지부에 마음과 기운을 지원해주는, 수선대의 본부로서의 역할은 바로 본부 인력들이 스승을 보좌하여 하여

야 할 일이다. 허나 이제까지 수선대의 본부장을 포함한 본부의 인력들이
이러한 본부로서의 역할을 충실히 하고 있다고 보기 어려운 부분이 있어
왔다.

지금까지 선계는 수선대를 통하여 지부와 모든 수련생들에게 아낌없이
기운을 전달하였다. 그렇다고 해도 기운을 많이 받고 적게 받고의 느낌은
수련생 본인이 얼마나 개혈(開穴)되었는가에 따라 다르므로 많이 주어도
인근에 머물 뿐 본인이 받을 수 없는 경우도 있는 것이다.

또한 선계와 스승이 기운을 힘껏 전달한다고 해도 기운의 출력은 전적으
로 수련생들의 마음 상태에 달려있는 것이다. 따라서 수련생 중 한 사람
이라도 마음이 흩어져 있을 때는 그 영향이 타 수련생에게 미침은 물론
전체 수련생이 받아야 할 기운의 양도 현저히 줄어듦은 그간의 경험으로
익히 알고 있을 것이다.

선계는 수련생들 간의 일심(一心)을 원한다.

어느 곳에서나 많이 힘드는 사람이 있고 덜 힘겨운 사람이 있으며, 이러
한 것 역시 시기적으로 이 사람이 힘겨운 경우가 있으며 그 시기가 지나

면 저 사람이 힘겨운 경우가 있듯 힘겨움의 정도와 부분이 다른 것이므로 수련을 하고 있는 한 언제까지나 힘든 사람은 없는 것이다. 그러므로 한 사람이 힘겨울 때 그 짐을 잠시 나누어 지는 것이 또한 수선재 도반들의 역할이다.

수선대는 아직 많이 확장하여야 한다. 밖으로 확장할 뿐만 아니라 본부로서의 기능도 확충하여야 한다. 지금도 많은 천수체들이 수선재로 모여 뜻을 다듬고 있고 선계에서도 이미 이것을 하나의 단위화하였으니 이제는 선계가 집중적으로 수선재의 성장을 지원할 단계가 된 것이다.

그러므로 선계 기운의 저수지 역할을 담당하는 스승과 스승이 거주하는 수선대의 힘이 비축되어 있어야 신생 지부에 힘을 분배할 수 있으며 신생 지부를 통하여 수선재의 뜻이 널리 퍼지는 것이니, 어느 곳이든 신생 지부에 모든 역량을 지원할 것이며, 이 신생 지부를 지원할 역량을 본부가 가지고 있을 수 있도록 하여야 한다.

이러한 성장에 대한 준비로서 수선인들은 수련 시 우선 수선재를 생각하고 스승을 생각하고 본부를 생각하며 그 후 지부를 생각하고 나서 본인의 발전을 위하여 수련을 하는 것이 순서이다.

따라서 수련 시 처음에 시간을 정하여 수선재 – 스승 – 본부 – 형부 – 지부 – 자신을 생각하는 시간을 배정하여 전체가 한 마음이 될 수 있도록 하여야 한다.

이것은 본부와 형부, 각 지부 간을 연결하는 천선 설치의 터닦기 작업이
며 이러한 수련으로 마음이 잡히면 그 마음의 길에 천선이 연결되어 모든
수련 단위(본부, 형부, 지부)들이 통합된 역량을 가질 수 있을 것이다.

천수체의 교화는 수선인으로서 가장 큰 일이다. 무리하지 않고 마음으로
행하도록 하라. 도반의 교화는 물에 빠진 사람을 구하는 것과 같은 것이
다. 수선재를 위하는 것은 결국은 자신을 구하는 것이며 인간으로 태어나
이보다 더 가치를 지니는 일은 없다.

명심토록 하라.

3장
선계 기운을 온 누리에, 행련(行鍊)

환인 선인의 관할 지역

"이 지역을 관할하는 선인은 환인 신인이라고 하며, 약 2m 정도의 장신에 형형한 눈빛이 주변을 압도한다."

중국 본토를 관할하는 선인을 떠올린다. 중국 본토를 관할하는 선인은 중국, 러시아 등 아시아 대륙의 중심부를 관할하는 선인이다. 따라서 중국 본토만이 아니며, 인도와 티벳까지 관할에 포함되며, 그 중심은 현재 중국의 란저우와 뻬이징 일대에서 몽고 국경까지의 삼각지 형태를 이루는 지역이며, 여기에서 몽고, 크라스노야르스크, 노보쿠즈네츠크와 카자흐스탄, 파미르 고원 일대까지 이 선인의 영역에 들어간다.

동으로는 하얼빈, 장춘까지가 주 권역에 이르며, 한국은 주 권역의 바로 밖에 있으나 대양과의 기운이 상호 교류되는 지점이므로 주 권역에 포함된다. 이 지역은 아시아 대륙 전체는 물론 유럽 일부까지도 영향을 미치는 곳이며, 은근하고 끈기있는 기운을 특징으로 한다.

이 지역을 관할하는 선인은 환인 선인이라고 하며, 약 2m 정도의 장신에 형형한 눈빛이 주변을 압도한다. 기운이나 역할로 보아 우주의 어느 선인과 비교해도 결코 열세에 있지 않다. 선계 8등급이다.

지구에서 수만 년을 지내오는 동안 이 지역의 모든 이들이 이 선인의 관할에 속하였으며, 당시에는 이 지역이 지구의 중심이었고 애초에 인간의 씨앗을 뿌린 곳이 바로 '기상'이다. 당시에는 국가의 개념이 없었으며 일정한 지역에서 중앙에 해당하는 곳이 가장 기운을 펴기에 편리한 지역이므로 이 지역의 기운을 조정하여 사용하였던 것이다.

선인의 경우 기운이 좋은 곳을 찾아다니는 것이 아니라 사용하고자 하는 장소의 기운이 좋아지도록 할 수 있으므로 인간과 차이가 있는 것이다. 이 선인께서는 우주의 상당 부분도 동시에 관장하고 계시며, 수십여 개의 별 중 하나가 지구이다.

이 별의 일부인 지구의 아시아권에 대하여 상당한 애정을 가지고 계시며, 이 선인에 의해 이 지역이 진화를 거듭하고 있다. 이 지역에서 일어나는 일은 환인 선인과 직접 연관이 있는 것은 아니며, 해당 지역의 일부 신들의 재량에 속해 있는 부분도 있다.

지신(地神)들은 선계의 하부 구조를 이루고 있으며, 관할 선인의 지시에 의해 움직이므로 지신들은 자신의 재량에 해당하는 업무 이외에는 선인의 지침 즉 우주의 원리에 따라 행동한다. 중국의 경우 본토만 관장하는 신은 지신이며, 이 신의 위치는 선인의 지침을 받들어 지구의 해당 지역에서 행동화하는 것이다. 금번 수련생들이 중국을 방문하는 것은 선인들께서도 알고 계시며, 이미 필요한 조치가 되어 있다.

신은 결코 자신을 믿고 따르는 인간을 버리는 법이 없다. 최소한의 신뢰 관계가 어긋나는 일은 인간의 일이지 신의 일은 아닌 것이며, 그러한 것까지도 수련생 본인의 공부 여하에 달린 것이다.

지구의 볼텍스(기운 분출소)

"아무리 기운이 좋아도 용처를 분명히 하여 수련에만 사용하도록 하라."

볼텍스라고 하는 곳은 대개 지하에 자력을 띤 광석이 매장되어 있는 경우가 있으며, 기운이 강한 것 같으나 실제로는 기운을 통제할 능력이 없는 사람의 경우 기운을 빼앗길 우려도 있어 선계수련에 반드시 바람직한 것은 아니다.

그 빼앗기는 양이 많지 않으며 정신적인 면에서 기운이 좋다고 생각하므로 상쇄되어 잘 느끼지 못하는 것이며, 또한 일시적으로 머물므로 그 기운의 감각만 느끼므로 일반인들이 좋아하는 것이다.

1. 백두산

천지 아래의 한가운데에서 약간 00쪽으로 간 곳에서 기운이 분출되고 있다. 이 기운은 백두산의 00방향 봉우리에서 좌측으로(시계반대방향) 0번째 봉우리(00방향)에서 받을 수 있다. 천지의 수면 위 500m 이내에서 지기와 천기가 융화되므로 그 기운이 상하 약 1km까지 영향을 미친다.

천지의 기운은 맑은 기운이므로 맑은 사람일수록 강하게 느끼도록 되어 있다. 심성을 곱게 가지고 기운을 받을 수 있도록 하라. 수련중 천지의 기운을 당기면 받을 수 있다.

2. 중국의 황하 주변 기상(지구 인류의 시원지)의 위치

00 주변을 일컫는다. 00은 00 중류의 옆에 위치하며 산과 강의 기운을 조화시킴으로써 온화한 기운을 발산하여 이 지역을 윤택하게 만들었다. 00은 중국에서 가장 기운이 부드러우면서도 강한 곳으로서 중국의 기운은 산맥과 강, 산을 따라 유동적으로 발산되고 있다. 00은 이 기운의 원류 역할을 하고 있으며, 이 역할로 인하여 다른 산의 기운이 항상 00으로 흐르도록 되어 있다.

00에서는 강도상으로 어느 곳이나 비슷한 기운을 받을 수 있으나 0쪽 기슭에서는 맑고 찬 기운을 얻어 머리를 맑게 할 수 있으며, 0쪽 기슭에서는 맑고 따뜻한 기운을 얻어 예지를 키울 수 있고, 0쪽 기슭에서는 온화한 기운을 얻어 인성을 바로 잡을 수 있으며, 0쪽 기슭에서는 진기를 얻어 골수에 기운을 채울 수 있다.

이 기운 역시 수련중 당기면 상당 부분을 받을 수 있으니 당겨서 사용해

보도록 하라. 아무리 기운이 좋아도 이 기운을 사용하는 것에 따라 그 이상이 오기도 하고 왔던 기운이 가기도 하니, 용처(用處)를 분명히 하여 수련에만 사용하도록 하라.

3. 천산과 태산(중국 역대 왕들이 천제 지내던 곳)

중국의 천산(天山)과 태산(泰山)은 지기의 분출구이기는 하나 지상으로 기운을 내려붓는 형상이므로 왕이 국민 위에 군림하면서 통치하는 데는 도움이 되나 인간의 내부에 잠재되어 있는 신성(神性)을 깨우치는 데는 방해가 되는 기운이다. 즉 위에서 아래로 내리흐르는 형상이므로 반역자의 출현을 예방해주는 기운이라고 할 수 있다.

중국의 경우 큰 산들이 이러한 기운을 가지고 있으므로 비교적 반역이 적었다고 할 수 있다. 대부분의 산의 기운들이 거세고 위로 뻗치므로 중국 큰 산들의 이러한 기운이 없었다면 매일 국가가 전복되는 난을 겪었을 것이다.

태산이나 천산을 제외한 다른 산들 역시 나름대로 한 몫을 하는 산들이며 이들의 기운이 천산과 태산에 못 미친다고 할 수는 없다. 허나 천산과 태산의 역할이 강압하는 기운이어서 이 기운으로 자신의 소임을 다한 것이다. 기운을 받을 만한 곳은 아니다. 기운을 받으려면 천기과 지기가 중화된 00이 낫다.

선계수련에는 지기와 천기가 중화되므로 천기 위주도 아니고 지기 위주도 아니며, 강기도 약기도 아닌 온화한 기운이 필요한 것이다.

기운이란 모방 성향이 강하여 어느 한 기운을 느끼면 그 기운에 동화되려는 경향이 많다. 즉 수련 이후 최초에 느꼈던 기운을 일반적인 기감(氣感)으로 알기 쉬우나 최초의 기감은 대부분 완전히 개혈되지 않은 상태에서 받아들여지므로 편중된 기운의 느낌인 경우가 많다.

* 또한 대부분의 수련생이 처음 느낀 기운이 지기 위주로 수련하는 곳에서 터득한 기운이므로 그 기운(지기)만이 기운인 것으로 알고 있습니다. 지기의 특징은 강하고 탁한 것이므로 그런 것만이 기운인 것으로 알고 있습니다. 그래서 지기에 익숙해진 수련생일수록 천기와 우주기가 와 닿기가 어려운 것입니다.

이러한 단계를 지나면 점차 은은하면서도 뿌리가 있는 기운을 찾아 나서게 되는바 이러한 기운이 바로 천기라고 할 수 있다. 천기가 강한 곳은 대부분 지기가 강한 면이 있으며 이러한 장소가 세세만 년 일정한 곳도 있으나 반드시 그러한 것은 아니며, 기운이 나오는 시기에 따라 그 장소가 변하기도 한다.

중국의 볼텍스는 여러 곳이 있으나 강기(强氣) 위주이므로 가서 보는 것은 무관하나 선계수련과 인연이 되는 곳은 백두산과 00 부근에 불과하다. 선계수련은 기운 중화소(안테나)가 필요한 까닭에 이러한 기운 중화소를 만들어 놓고 수련하면 되는 것이지, 강기를 찾아다닐 필요가 없는 까닭이다.

4. 중국의 볼텍스

탁기를 쏟아버리는 데 좋은 곳은 00성 00 일대이다. 이곳은 기운을 받아(빨아)들이는 곳이므로 이러한 곳에서 탁기만 쏟아놓으면 탁기만 제거되는 기능을 가지고 있다.

강기가 뻗치는 곳은 00자치구의 00이다. 기운을 받는 데 좋다. 지기가 뻗치는 곳으로서 기운이 흘러 넘치는 곳이니 골짜기에서 기운을 받으면 좋다. 남서쪽에서 가장 넓고 큰 골짜기를 골라 기운을 받도록 하라.

중화시키는 곳은 00성 00이다. 탁기를 쏟고 강기를 받은 후 중화시킴으로써 자신을 찾아 들어갈 수 있는 곳이다.

국내에서 이러한 용도에 사용할 수 있는 곳으로는 000에서 강기를 받고

전남 00 일대에서 탁기를 남해바다로 쏟아버린 후 00에서 중화하는 것이 좋다.

5. 미국의 볼텍스

000

지기가 강한 곳으로서 기운이 강한 것 같으나 이 기운으로는 지구에서 사용할 수 있는 영감이 발달할 뿐이다. 이 기운으로 깨고 나가 우주의 본체와 만난다는 것은 상당히 어렵다고 할 수 있다.

지기란 일견 깨우침에 도움이 되는 것 같으나 사실은 지구에 머물도록 함에 그 기운의 가장 큰 의의를 둔다. 따라서 지기에는 중독되지 않도록 함이 좋으며 중독되지 않기 위해서 천기에 의존하여 가는 것이다.

천기란 맛에 비유한다면 소금 등 자연 조미료는 물론 인공 조미료 일체를 넣지 않은 곰탕국물에 비유할 수 있으며 따라서 맛이 없는 듯 느껴지나 사실상 가장 강력한 기운이다.

천 소 0 . 0 0 0 1

* 위의 내용은 천기에 속하므로 공개하지 않으며, 차후 수련 시 응용하여 기운
을 익히고자 합니다.

백두산 산신과의 대화

"이 지역의 안위가 백두의 기운에 달려 있는 것입니다."

* 금번 수선재의 중국 행련과 관련하여 중국본토 지신 및 백두산, O산 산 신들과 대화를 가져보았습니다. 참고하여 주시기 바랍니다.

백두산은 단순히 한민족의 성산(聖山)이 아니라 한문화권의 성산입니 다. 한문화권이라 함은 우랄알타이산맥으로부터 만주, 몽고를 거쳐 한 반도에 이르는 권역을 말합니다. 이 한문화권은 나아가 러시아 일부 지역으로까지 확대되어 있는바 이 문화권의 중심이 되는 산이 바로 백 두산인 것입니다.

한반도에서는 백두산의 의미가 축소되어 있으나 사실상 지하에서 초 강력의 지기가 분출되어 이 지역에서 산세를 형성하였다는 것은 그 어 느 지역보다 지기가 강함을 말해주는 것입니다.

다른 산들과 같이 지형의 융기 등으로 솟아오른 산과 화산의 분출로 솟아올라 산을 형성한 것과는 근본적인 차이가 있으며, 일본의 경우 화산을 닮은 성격으로 불같이 일어나 인근 국가에 피해를 준 것을 보면 이를 알 수 있는 것입니다. 허나 후지 산신은 저(백두 산신)를 이길 수 없으며, 이는 동생이 형을 이기려 하는 것과 같아 지금까지 수천 년을 넘보면서도 결국 섬 안으로 다시 들어가 있는 것입니다.

한반도의 힘은 백두에서 솟아 나오는 원기의 일부요, 이 기운이 사방으로 뻗치면서 기운을 지원해 주고 있는 것입니다.

백두산에 와서 달리 특별한 것을 할 일은 없으십니다. 다만 백두의 기운을 느껴보고 이를 항상 의념하면서 수련함으로써 평소에 백두의 기운과 같이 되려 한다는 것만으로도 상당한 도움이 되실 것입니다.

수련이란 자신보다 상위에 있는 사람의 기운을 항상 따라하려 하면서 하는 것이 좋은 것이듯, 백두의 기운은 인근 대륙에 있는 어느 산 못지 않게 좋은 기운으로서 이 지역의 안위(安危)가 백두의 기운에 달려 있는 것입니다.

백두의 기운을 알려면 정상으로 가시지 말고 이미 알고 계시는 봉우리로 가시되 저(백두 산신)의 기운을 받아보고 나서 속세의 기운을 떠올리시고, 다시 백두(산)의 기운을 느껴보시고 다시 속세의 기운을 느껴보시고, 다시 저의 기운을 느껴보시면 그 차이를 확연히 알 수 있을 것인즉, 금번을 기하여 이 기운의 차이를 확인하시고 다시 속(俗)으로 돌아가시어 이 기운을 의념하시고 이 기운의 경지를 속히 넘어설 수 있도록 전 수련생이 노력하시면 좋을 것입니다.

지기는 아무리 강하고 맑아도 지기이며, 천기는 아무리 약하고 흐려도 천기인 것입니다. 지기는 천기수련을 하는 사람은 반 이상 채우면 안 되는 것이며, 점차 지기의 비율을 낮추어 나가는 것이 좋으니만큼 백두에 올라 천기를 받아야지 지기를 받으려 하면 안 될 것입니다.

지기란 중생들에게는 절대적으로 필요한 것이나 선계수련생들에게는 일부의 필요성만 있는 것입니다. 그 범위 내에서 채울 수 있도록 하면 됩니다. 그 일부의 필요성마저도 점차 비워나가야 하는 것이니 지기 중에는 이러한 것도 있구나 하는 정도면 될 것입니다.

0산은 저에 비하면 동생뻘이라 후지산과 비슷한 면이 있으나 자상한 면이 있어 수련의 기초 단계에서는 도움이 좀 되실 것입니다.(키는 약 180cm 정도의 강건한 체격으로 산사람 같은 인상이다. 호랑이 가죽으로 된 조끼를 입었고 얼굴 전체에 수염이 가득하다. 손에는 무기가 없으나 언제든 무엇이든 무기화할 수 있는 능력을 지니고 있다.)

O산 산신과의 대화

"동방에서 오실 손님들이 아니신지요. 최상급의 지기로 준비하여 놓겠사옵니다."

(장대하고 키가 2m에 가까운 노인이 백색 옷을 입고 나타난다. 지팡이를 짚었으며 지팡이가 키보다 약 10여cm 크다.)

어서 오시옵소서. 수선재 예비선인 여러분들의 입산을 환영드립니다. 범인들과 수련생들이 저(O산 산신)를 찾는 경우는 많습니다. 이번의 경우뿐만 아니라 여러 가지 다양한 면에서 찾아와서 하소연하고 도움을 얻어가고 있습니다.

우선 저의 경우는 기운이 다양하다는 것입니다. 원하는 방향으로 가면 나름대로 기운을 얻을 수 있으며, 원하지 않는 방향으로 가도 손해를 보는 경우는 없다는 것입니다. 지기의 경우 천기와 달라 나름대로의 특색이 있어 그 특색에 맞추어 받아들이면 인간의 부족한 면을 다양하게 충족시킬 수 있습니다.

— ……

제 모습이 이상하시옵니까?

－아니오.

본래 이러한 모습이 아니었으나 오늘은 옷을 바꾸어 입었사옵니다.

(갑옷을 입은 군인이 나타난다.)

－ …….

이것도 이상하시옵니까?

－아니오.

(사라지더니 평범한 서민의 옷으로 입고 나온다.)

－ …….

이제 되었사옵니까?

－난 괜찮소.

다른 분들이 괜찮으셔야 하옵니다.

– 다른 사람들도 괜찮을 것이오.

무엇을 도와드려야 할 것인지요?

– 달리 도와줄 것이 무엇이 있겠소? 보통 때 하시던 대로 하시오.

그래도 동방에서 오실 손님들이 아니신지요. 좀 특별히 모시고 싶사옵니다.

– 그렇다면 수선재 식구들이 중국 방문을 마치고 귀국한 후에도 기운을 보내줄 수 있겠소?

제가 가지고 있는 기운은 지기뿐이라 얼마나 도움이 되실는지요….

– 지기는 지기대로 쓰임새가 있는 법이오. 많이 가져다 쓰지는 않을 것이오.

(양손을 내저으며) 아니옵니다. 아무리 가져다 쓰신다고 하셔도 가져다 쓰실 만큼은 있사옵니다만 도움이 되실는지요?

─ 도움되지 않을 것이 무엇이 있겠소.

그렇다면 마음 편하신 대로 하십시오.

─ 내가 알아서 하겠소. 그 외에 도와줄 것이 무엇이 있겠소?

제가 가지고 있는 것이 지기뿐이라 지기 외에는 무엇을 더 드릴 것이 없사옵니다.

─ 지기도 지기 나름이니 지기 중에서 가장 나은 것으로 부탁합니다.

여부가 있겠사옵니까? 최상급의 지기로 준비하여 놓겠사옵니다.

─ 그러십시오. 그리고 수련생들이 조심하여야 할 일은 무엇이 있겠소?

없사옵니다. 그저 오셔서 즐기다가 가시면 되옵니다.

─ 즐기다니. 우린 수련을 하러 오는 것이오.

수련을 말씀드리는 것이옵니다. 수련을 즐기시는 분들이 아니시옵니까?

─ 하긴 그렇소.

○산에 오셔서 저만 찾으시면 되옵니다. 수련상 필요한 기운에 관하여 도움을 드릴 것이옵니다.

- 알았소. 필요하면 우리가 가져다 쓰겠소.

그리 하셔도 좋습니다.

- 그 외에 무엇이 있겠는가?

백두 형님께서 어제 전갈을 보내셨사옵니다. 걱정 마시옵소서.

- 다시 보십시다.

알겠습니다. (뒤로 물러서서 산으로 사라진다.)

중국 본토를 관장하는 신

"팔문원은 우주의 근본 형상을 속세에 펴는 그림으로서는 최강의 것
으로 알고 있습니다."

(중국 본토를 관장하는 신을 청하자 아까와 비슷한 도포를 입은 노인이 지팡
이를 들고 나타난다. 기력이 보통이 아니다. 호랑이의 기운(호랑이는 아니고
호랑이의 형체를 한 기운, 반투명 호랑이로 보인다.)이 따라와 관장 신 옆에
앉는다.)

– 어찌 모습들이 전부 그러하신가?

이러한 것이 선인의 모습이 아닌지요?

– 어찌 그러한 모습을 선인이라고 하겠는가? 선인이 무슨 모습이 정해져
있단 말인가?

그러하옵니까? 나름대로 손님을 모시려 한번 의복을 갖추어 보았습니
다만 본래의 모습을 보이겠습니다.

– 그리하시게.

(평범한 범인의 모습이 나타난다. 50대 중반에 허리가 꼬부라진 노장이다.)

– 이번에는 어찌 그러한 모습이신가?

이게 저의 본래 모습이옵니다. 저는 이러한 모습으로 수천 년을 지탱해 오고 있습니다.

– 그러지 마시게. 이제 장난 그만하시고 얼굴을 보여주심이 어떠한가?

(8척 장신의 당당한 40대 후반의 남자가 나타난다. 천하에 당할 자가 없을 만큼 장사의 기운이 뻗친다.)

– 아직 아닐세.

그러하시옵니까? 어떠한 모습을 원하시옵니까?

– 본래의 모습을 원하네.

졌사옵니다.

(평범한 백면 서생이 나타나 앞에 엎드린다. 다가가서 일으켜 세운다.)

167

– 일어나시게. 이게 무슨 일인가?

아니옵니다. 저를 이렇게 시험하신 분이 아직 안 계셨사옵니다. 눈이 새로이 열리는 것 같사옵니다. 이제껏 자만하고 있었던 것은 아닌지 반성하고 있사옵니다.

– 무슨 그런 말을 하는가?

아니옵니다.

– 그건 접어두고 설명이나 한번 해 보세.

예. 이 곳(중국)은 지상에서 인간이 거주할 수 있는 부분이 가장 넓은 땅 중의 하나입니다. 따라서 인간이 거주할 수 없는 조건 역시 동시에 내포되어 있으며, 이 양자가 조화를 이루어 존재하므로 다양한 면을 경험할 수 있는 곳입니다.

동으로는 한반도가, 남으로는 바다가, 북으로는 북극까지 연결되며, 서로는 여러 나라가 있어 이들로부터 다양한 것들을 구해올 수 있는 조건을 갖추고 있습니다. 허나 이 지역들은 다양한 독소가 배치되어 있어 상당히 조심하지 않으면 안 되는 조건을 동시에 갖추고 있어 이 지역을 다니시려면 많은 면에서 조심을 하여야 합니다.

우선 물을 함부로 마시면 아니 되옵니다. 물은 흘러야 하는 것인바 이곳에는 흐르지 않는 물이 많이 있사옵니다. 흐르지 않는 물은 독소가 많아 기력으로도 회복이 되지 아니하는 경우가 많사옵니다.

다음은 숨을 함부로 쉬면 아니 되옵니다. 공기가 탁한 부분이 많아 가급적 산간 지역으로 다니시는 것이 도움이 되실 것입니다. 도시 지역에서는 심호흡을 하지 마시옵소서. 중국에서 수련은 이제 도시 지역에서는 가급적 하지 않고 있습니다. 공해의 결과입니다.

셋째는 사람을 너무 많이 만나시지 않는 것이 좋다는 것입니다. 이 곳에는 인간의 기운을 앗아가는 기운을 가진 사람들이 많이 있어 기운을 단도리하지 않고 다니면 자신도 모르게 기운을 소모하는 경우가 있습니다.

이것은 간단히 조치할 수 있는 것인바 단전에 대한 의식을 잃지 않음으로써 해결되는 것입니다. 그렇게 하면 단전이 모든 것을 알아서 해결해줍니다. 단전을 의념하기 어려우면 손바닥에 단전(丹田)이라는 글씨를 볼펜으로 써가지고 다니는 방법이 있으며 이 방법은 혼자 여행할 경우에 해당됩니다.

가장 좋은 방법으로는 팔문원 티셔츠를 입고 한 줄로 가는 것입니다. 뒷사람의 가슴에 있는 팔문원을 통하여 기운이 앞사람에게 가므로 서로 간에 하나로 연결되어 기운이 강화되므로 어떠한 기적인 침입도 방어할 수 있습니다.

– 팔문원을 아는가?

알고 있사옵니다. 우주의 근본 형상을 속세에 펴는 그림으로서는 최강의 것으로 알고 있습니다.

– 중국에서는 어찌 그러한 형상이 진작 나오지 않았던가?

아마 생각지 못하였을 것입니다. 그러한 도안은 아무렇게나 나오는 것이 아닙니다. 때가 되면 그 때를 맞이한 분에게 내려오는 것으로 알고 있습니다.

– 팔문원 티셔츠면 되겠는가?

그 외에도 팔문원을 응용한 다양한 제품을 몸에 지니는 것으로 사기의 범접을 막을 수 있습니다. 중국에서는 팔문원 티셔츠에 대하여 모든 기인(氣人: 선인, 산신, 지신)들이 전부 알고 있사옵니다. 금번 오시는 것에 대하여 중국의 기운이 바뀌는 계기가 될 것으로 생각하고 많은 준비를 하고 있사옵니다.

– 내가 자네들 공부시키러 오는 것 같군.

아니옵니다. 팔문원을 중국에 알리시는 계기가 됨으로써 중국 기공계를 한층 높여주시는 것으로 알고 있습니다.

– 그렇게 생각해주니 고맙네.

아니옵니다.

– 잘 부탁하네.

알겠사옵니다.

– 곧 보세.

그리하겠사옵니다.

* 자신의 단점을 금방 솔직히 인정하고 타인의 장점을 또한 금방 인정하는 대인의 풍모를 보여준다. 역시 중국이 넓다는 생각이 들고 이러한 중국의 기인들을 다스리는 기인을 보니 격이 높다는 생각이 든다.

이분들은 선인이 아니고 지신과 산신들이나, 국가로 말한다면 대통령, 시장, 군수 등에 해당되는 직책이므로 얕잡아 보거나 무례를 범해서는 아니 된다. 해당 지역에 도착하여 가볍게 목례하는 등의 예를 표하거나 마음 속으로 이곳을 방문하였음을 알리고 수련이나 관광을 하면 된다.

수련생들의 이번 방문에는 문제가 없을 것으로 보인다. 다만 날씨에 관하여는 단체 방문에 있어 지나치게 무리가 가지 않는 범위 내에서는 대륙의 있는 그대로의 상태를 보기를 원한다.

* 잘 다녀오겠습니다.

남아있는 분들의 '가지 못하는 사정'이 전달되어 마음이 몹시 무겁습니다. 다음 기회에는 같이 갈 수 있도록 다같이 노력하여 주시기 바랍니다. 이번 여행에서 한두 번의 공부 기회가 있을 예정이니 편안하게, 그러나 매순간이 공부라는 마음가짐으로 임해 주셨으면 합니다.

중국여행 후… 선계의 답사

"금번의 여행은 수련생들이 얼마나 본심으로 모든 것을 대하고 있는가에 대한 검증이었다."

(서북방을 향하여 인사하자 서쪽에서는 중국측에서 4명의 신(중국 본토 관장신, 0산 산신 포함)들이 나오고 북방에서는 백두 산신이 나온다. 중국 측 신들은 서쪽에서 엎드려 절을 한 후 계속 엎드려 있고, 백두 산신은 북쪽에서 혼자 인사 후 앉아 있다. 체격으로 보아 백두 산신이 장대하다.)

– 금번에는 너무 여러 모로 도와주어서 참으로 고마웠소.

(중국측 신들) 참으로 별 말씀을 다하시옵니다. 저희로서는 방문해 주심이 그지없는 영광이었습니다. 모시게 되었음을 기쁘게 생각하옵니다.

– 너무 수고들 많이 했소. 앞으로도 혹시 우리 수련생들이 중국이나 기타 인근 지역에 가게 되더라도 잘 좀 부탁합시다.

여부가 있겠습니까? 잘 모실 것이옵니다.

- 백두 산신, 이번에 너무 고마웠소.

별 말씀을 다 하시옵니다. 당연히 해야 할 일을 하였을 뿐이옵니다.

- 그래도 그렇지 않소. 당연한 일을 당연하게 처리하는 경우가 흔치 않은 세상이오.

저희 기계(氣界)는 당연한 것은 당연한 것이옵니다.

- 어쨌든 환대를 해주어서 모든 수련생들이 고마워하고 있소.

모두 식구들이옵니다. 어찌 고마움이 없을까마는 저로서는 할 일을 하였을 뿐이옵고 모든 분들이 대각(大覺)을 하셔서 함께 하늘의 일을 할 수 있기를 빌 뿐이옵니다.

- 백두 산신이 그렇게 기원해주고 도와준다면 많은 도움이 될 것이오.

당연히 하여야 할 일이옵니다.

- 하여튼 모두들 고맙소.

(함께) 그럼, 물러가겠습니다.

– 보지 않는다고 식구가 아닌 것이 아니며, 본다고 식구인 것이 아니니 모든 면에서 서로 돕고 지냅시다.

그리하도록 하겠사옵니다.

– 하여튼 고마웠소.

〈선계에 고하는 기도문〉

이제 수련생들의 동이족 대 단합을 위한 첫발이 성공적으로 내디뎌졌사옵니다. 앞으로 수선재에 몸담은 모든 수련생들은 동방의 햇불이 되고 지구의 햇불이 되며, 우주의 등대가 될 수 있도록 혼연의 노력을 기울여 수련에 전력함으로써 맑음과 밝음이 온 누리를 비출 수 있도록 노력하겠습니다.

금번 운기에 도움을 주신 선계와 속계의 모든 분들께 수련생 전원의 마음을 모아 깊이 감사드리옵니다.

〈선계의 답사(答辭)〉

여행이란 무릇 여러 가지가 있다. 단지 구경 삼아 가는 것이 첫째요, 구경으로 가서 배우는 것이 둘째요, 배우러 가서 구경하는 것이 셋째요, 배우러만 가는 것이 넷째이고, 수련하러 가는 것이 다섯째이다.

앞으로도 수선재의 수련생들은 모든 여행이 수련 과정에 들어 있는 것임을 명심하고 여행 시에는 스승의 가르침을 생각하고 스승을 생각하며, 하늘을 생각하고 우주를 생각하여 어떠한 경우에든 추호의 실수가 없도록 행동한다면 깨달음은 저절로 올 것이며, 이 깨달음이 본인의 위치를 상상할 수 없는 높은 곳까지 끌어올릴 것이다.

금번의 여행은 수선재의 수련생 입장에서는 수련 여행이었으나 하늘의 입장에서는 수련생들이 얼마나 본심으로 모든 것을 대하고 있는가 하는 것에 대한 검증이었다고 할 수 있다.

금번 수련 여행으로 중국을 다녀온 수련생들만이 아닌 수선재의 모든 회원들에 대하여 한 등급씩 상향 조정할 것이다. 따라서 깨달음에 도달함에 있어 빠르게는 3년에서 5년 정도의 기간이 단축될 것이다. 허나 이 기간의 단축이 무의미한 일이 되지 않도록 전원이 전심전력하여 끝없는 정성으로 수련에 임할 것을 당부한다.

하늘은 다만 인간이 수련을 할 수 있는 기회를 만들고 하늘의 뜻을 전달할 수 있도록 할 뿐 따르는 것은 인간의 몫인 것이며, 인간이 인간의 몫을 다할 때 하늘의 지원이 따라 성공할 수 있도록 도움을 내리는 것이다. 하늘의 뜻을 전하는 문 선생은 앞으로 인간 교화의 큰 일을 하여야 할 것이며, 수련생들은 스승의 뜻을 따라 천하에 광명이 들도록 하여야 할 것이다.

인명(人命)을 다하면 천명(天命)이 오게 되어 있다. 후천시대는 바로 천명의 시대이며, 천명의 시대는 천명을 받는 자의 것이다. 천명은 바로 하늘의 사명이기도 한 것이니 천명을 받는 자는 바로 수련생들이다. 절대적인 진심으로 하늘을 따를 수 있도록 하라.

수련 여행의 성공적인 완료를 경하한다.

신들의 세계, 인간의 세계(환인 선인과의 대화)

"선계의 인물이나 기적으로 맑거나 진심으로 수련중인 수련생들이 방문하면 산 기운 역시 맑은 기운으로 보답하는 것입니다."

– 이번 여행 시 하늘과 땅의 도움에 대하여 수련생들이 느끼기는 하였으나 구체적으로는 잘 모르므로 문의합니다. 어떤 도움을 어떻게 주었는지요? 백두산에서는 그림 같은 천지를 두 번씩이나 보았습니다. 산신의 역할이었는지요?

백두 산신은 인간의 감정과 같은 기분상의 기복을 일부 가지고 있는바 이러한 기복을 날씨로 표현하기도 하고 다른 수단으로 표현하기도 합니다. 따라서 백두산의 날씨는 인간의 마음, 즉 방문하는 사람의 마음에 따라 반응하는 기능을 갖고 있습니다.

이 기능을 전체적으로 사용하는 것은 아니나 거의 대부분 사용하고 있습니다. 따라서 선계의 인물이나 기적으로 맑거나 진심으로 수련중인 수련생들이 방문하면 산 기운 역시 맑은 기운으로 보답하는 것이며, 방문객들이 장난으로 방문하면 산 기운 역시 장난으로 보답하는 것입니다.

금번의 경우 수선인들의 방문에 대하여 백두 산신은 진심으로 자부심을 가질 정도로 기쁨을 가지고 있었으며, 인근의 다른 영역으로 이러한 기운을 전파하고 다른 산신들이 이 전갈에 대하여 적극적으로 반응한 바 있습니다.

산신들의 이러한 반응은 산의 기운을 장대하게 하며, 이러한 기운이 기맥(氣脈)이 열린 사람들에게 전달되므로 산을 타는 사람 역시 기운이 증가하는 것을 경험하는 것입니다. 허나 기맥이 열리지 않은 사람의 경우 이러한 효과를 볼 수 없으며 평소와 동일한 조건으로 등산하는 것과 같습니다.

이러한 것은 수련생과 산신들이 상호 반응하여 시너지를 창출하는 것으로서 기(氣)적으로 보충하고 탁기를 제거하므로 수련 과정을 단축시키는 상당히 바람직한 결과를 가져오게 되는 것입니다. 예전에 수련 선배들이 입산하여 수련하였던 이유 역시 이러한 것에서 일부 찾을 수 있습니다.

수선재의 경우 전체 수련생들이 한 줄기의 기운줄을 타고 가므로 일부에 이러한 기운이 영입되면 전체 수련생들에게 영향을 미치게 되고, 이러한 기의 순화와 증가에 따라 부양 효과가 발생하므로 계단을 뛰어넘어 올라가는 월반 효과를 가져오게 되는 것입니다.

'수련생과 산신' 같은 기(氣)적 특수 관계에서 일어나는 일이며 상호간에 등급을 격상시킬 수 있는 방법입니다. 아무 수련생들에게나 일어나는 일은 아니며, 기적으로 산신을 압도할 수 있는 경지에 있을 때 그 효과가 더욱 극대화됩니다.

이러한 효과는 날씨에까지 영향을 주는바 고기압을 불러와 인근의 날씨가 맑아지도록 하기도 합니다. 허나 날씨에 관한 부분은 전체적인 조화의 면을 가지고 있어 자신의 구역 이외에서 영향을 줄 정도일 경우에는 사용하지 않습니다.

– 0산에서는 날씨가 너무 더웠습니다. 오가는 길에 탁기가 너무 많았으나 수련 시 기운은 좋았습니다. 또한 밤하늘의 은하수를 볼 수 있었는데, 처음에는 별이 드문드문 보였으나 갑자기 별무리가 나타났습니다.

이튿날 또다시 별을 보기 위해 모였는데 흐린 날씨여서 별이 안 보였으나 갑자기 구름이 한꺼번에 이동하더니 한동안 별이 보이다가 멈추었습니다.

0산 등반 시에는 짐을 운반하는 한 노인이 갑자기 우리를 보더니 노래를 부르고 춤을 추었습니다. 신들의 역할이었는지요?

0산 역시 백두산과 동일한 경우입니다. 산신이 수선인들의 방문에 대한 기쁨의 보답을 한 것이며, 수선인들의 방문은 산신들의 기력 증강에도 많은 도움이 되었습니다. 선계의 기운을 받으며 수련중이며, 일부 혈이 열려 천기를 조절하는 단계에 이른 수선인들의 방문은 산신들로 보아서도 VIP의 방문이므로 격에 맞는 최상의 예절을 다한 것입니다.

허나 수선인들이 순수한 마음으로 방문하였으므로 산신들과의 사이에 이러한 결과가 나타난 것이지 어떠한 보답을 바라고 갔다면 결코 이러한 접대를 받을 수 없었을 것입니다.

노인이 노래를 한 것은 수선인들의 방문으로 산 기운이 좋아지므로 주변의 모든 사람들의 기분이 좋았으며 이러한 것을 한 노인에게 대표적으로 전달하도록 한 것입니다.

0산에도 산신이 수천 명에 이르는바 이들은 군대와 같은 지휘체계를 가지고 있습니다. 이것은 0산 산신이 직접 한 것은 아니며 당시 지나던 곳의 중급 산신이 이벤트로 기획한 것입니다. 이 행사는 0산 산신에게도 보고되었으며 모두가 기뻐하였습니다.

– 서안에서는 마지막 날 우리가 저녁을 먹는 사이 소나기가 한바탕 쓸고 지나가 쾌청했습니다. 이것도 신들의 작품이었는지요?

선계의 기운은 중국의 다양한 지신들이 새로이 보는 기운이었던 경우가 많습니다. 처음 겪어보는 선계의 기운은 시골 장난꾸러기들이 평생 처음 공주의 행차를 보는 것만큼이나 귀하고 신기한 느낌으로 다가왔으며, 무엇인가 진상하고 싶은 마음이 들어 골라 본 것 중 이러한 것이 어떠한가 시도해 본 것입니다. 신들의 역할입니다.

밤하늘의 별들 역시 신들의 화답이었으며, 백두산에서 구름이 일렬로 서서 환영하였던 것이나 백두산의 다양한 모습을 보인 것도 신들의 역할이었습니다. 이러한 이벤트를 기획하고 주도하는 것은 중급 이하의 신들의 역할입니다. 선인이나 큰 산신들의 마음이 아래로 전해져 이러한 결과가 나오는 것입니다.

전 세계를 누비는 수련 여행(환인 선인과의 대화)

"수련 여행으로 수선재의 기운이 지구를 둘러싸고 태양계와 은하계를 향하여 뻗어나갈 계기를 만들게 될 것입니다."

– 수련생들을 보고 느낀 점을 지적해 주십시오. 시정할 점은 무엇인지요? 팔문원을 보고 지신들은 무엇을 느꼈습니까?

보고 느낀 점은 수련생들이 각자 알아서 정리할 일입니다. 시정할 점이라기보다 앞으로도 있을 행련(行鍊: 돌아다니면서 수련하는 것)중 절대 이러한 것을 기대하지는 말 것을 권합니다. 상호간에 자연스레 반응이 일어나는 것이 천지자연의 이치인 것이며, 인공적으로 만들어 낸다면 그것은 이치에 반(反)하는 것입니다.

기대하는 것이 바로 인공(人工)적인 것이며, 이 기대는 주변의 기운을 신공(神工: 사람이 하면 인공적, 신이 하면 신공적)적으로 바꾸어 놓는 자연스럽지 않음으로 인하여 우주의 운기에 좋지 않은 결과를 가져옵니다.

팔문원은 지신들에게는 다른 설명이 필요 없습니다. 그 자체가 바로 우주이며, 이들 역시 이번에 팔문원을 통하여 많은 것을 배웠을 것입니다. 팔문원을 통하여 분출되는 선계의 기운은 수선인들이 지나간 경로에 지속적으로 자취를 남기게 됩니다.

– 선계에서는 이번에 전 수련생의 수련 수준을 한 등급 상향시킨다고 하셨습니다. 어떤 점이 높이 평가되었는지요?

기대하면 구할 수 없을 것이며 기대하지 않으면 구해질 것입니다. 기대란 자신이 하지 않은 결과를 바라는 것이며, 이러한 것은 반드시 자신이 한 만큼 정확히 구해지는 우주의 법도상 있을 수 없는 것입니다. 모든 것은 당연한 것이며, 기대하는 것 역시 당연한 범위 내에서 이루어져야 하는 것입니다.

금번의 여행은 기대하지 않은 순수한 마음이 이루어낸 결과입니다. 기대하지 않으며 있는 그대로의 순수한 마음이 바로 선계의 기운과 가장 가까운 까닭입니다. 그런 점이 가장 높이 평가된 것이며 또한 서로를 아끼는 마음, 즉 스승을 아끼고 제자를 아끼는 마음, 회원 상호간에 일그러짐이 없이 서로를 아끼는 마음, 자연을 아껴 땅과 조화되는 마음이 선계에 크게 전달된 것입니다.

– 다음 행선지로 10월 초 상해, 소주, 항주, 황산을 간다고 합니다. 적절한지요? 황산은 어떤 산입니까?

행련을 너무 자주 하는 것은 바람직하지 않습니다. 외지의 기운은 외지의 기운이며 외지의 기운을 내 기운으로 바꾸고 나서 다시 외지의 기운을 받는 것이 좋은 까닭입니다.

행련이 점차 고도화되면 수선대에서 출발 시부터 행련을 마치고 다시 수선대로 돌아올 때까지 한 호흡으로 이어진 것처럼 자연스럽게 행공이 되며, 이러한 기운이 지구를 둘러싸도록 될 것입니다. 한번 행련 경로가 된 곳은 지속적으로 수선재의 기운이 남아 있어 기(氣)적으로 이정표와 같은 기능을 하게 됩니다.

황산은 0산보다 기운이 강한 곳이며 바위마다 금(金)의 기운이 강합니다. 초심자의 경우 조심스럽게 흡기(吸氣)를 하여야 하며 그렇지 않으면 기운이 소화되지 않을 수 있습니다. 따라서 좀 더 수련을 한 후 가는 것이 좋습니다.

황산에서 단전강화 수련을 하면 초강도의 단전을 구할 수 있으나 이러한 과정은 수련생들이 좀 더 수련을 한 후 행련 대상에 넣을 것을 권합니다. 이 같은 행련으로 모두의 기운이 점차 바뀔 것이며 이 바뀌는 기운을 수련생들이 받아들여 등급을 높이게 될 것입니다.

만일 이런 기회가 많지 않다면 가는 것도 좋으나 수련 상으로 충분히 준비를 한 후 가도록 할 것이며 앞에 말한 대로 욕심을 내지 않고 회원 상호 간에 화합을 도모하는 기회로 삼는다면 더없는 공부가 될 것입니다.

– 이번 중국 여행의 의의는 무엇인지요?

185

수선재의 기운으로 지구를 덮는 일의 시작입니다. 그것도 동이족이 번성하던 지역의 일부에서 기운으로 도배를 한다는 것은 상당한 의미를 가지는 일입니다.

앞으로 전 세계를 누비는 수련 여행이 계속될 것이며, 이 수련 여행으로 수선재의 기운이 지구를 둘러싸고 태양계와 은하계를 향하여 뻗어나갈 계기를 만들게 될 것입니다.

시작이 반입니다.

* 이토록 훌륭하고 사랑이 충만한 격려의 말씀을 내려주심에 감사드립니다.

황산 산신과의 대화

"황산 주변의 기운을 정화시켜 놓겠습니다. 평소보다 좀더 맑은 기운으로 채워놓겠습니다."

(황산 산신을 청하자 앞에 길다란 지팡이를 짚은 한 노인이 나타나 무릎을 꿇는다.)

– 일어나시게.

아니옵니다. 분부하시옵소서.

– 잘 알지 않는가? 금번 수선인들이 황산을 가게 되었네. 근황은 어떤가?

요즈음 조석으로 찬바람이 서서히 불고 있어 돌아보시기에는 더없이 좋은 계절이옵니다.

– 그래, 가면 자네가 어떠한 도움을 줄 수 있겠는가?

제가 드릴 수 있는 도움은 전부 드릴 것이옵니다.

– 어떠한 도움을 줄 수 있는가?

다니심에 불편하신 점이 몇 가지가 있사옵니다. 그 몇 가지를 치워드리면 좀 더 편안한 일정이 되실 것이옵니다.

– 무엇을 어떻게 해줄 것인가?

우선 항공기와 차량의 안전 운행이옵니다.

– 그것은 아무나 가능하지 않은가?

그렇지 않사옵니다. 제가 신경 쓸 부분이 있사옵니다.

– 그 외의 다른 것은?

황산 주변의 기운을 정화시켜 놓겠습니다. 평소보다 좀더 맑은 기운으로 채워 놓겠습니다.

– 다른 것은 무엇이 있는가?

경치와 수련 장소를 신경 쓰겠습니다. 다니시는 길을 지속적으로 살펴드리도록 하겠습니다.

– 하급 신들이 장난하지 못하도록 해주게. 내가 그것을 제일 싫어하지 않던가?

물론입니다. 그러한 일이 없도록 조치하겠사옵니다.

– 그래야지. 그만 일어나시게.

아니옵니다.

– 그만 일어나시래두.

예. (일어난다)

– 편히 앉으시게.

예. (편히 앉는다)

– 잘 부탁하네. 차 한 잔 하시게. 천상차이네. (천상의 작설차를 한 잔 대접한다)

이러한 것을 제가 마셔도 될 것인지요?

– 마시면 수천 년은 당겨질 것이네. 빨리 향천하고 싶지 않은가?

그렇습니다. 어찌 생각이 없겠는지요.

– 어서 드시게.

너무 걱정 마시옵소서. 일대의 산신들과 연합하여 모시겠습니다.

– 그래주게. 그리고 주변에도 안부 전해주게.

알았습니다. (차를 마신다)

– 그럼 황산에서 만나세.

기다리고 있겠습니다.

– 고맙네.

*나를 수행하시는 선인님들께서 중국 쪽에 이미 연락을 취하신 터라 중국 황산 행련은 이것으로 준비를 끝냈습니다. 백두산, O산 수련 여행에서와 같이 빈 마음으로, 집을 떠나는 순간부터 돌아오는 순간까지 모든 것이 수련임을 명심하고 한 호흡으로 임해주시기를 바랍니다.

이태리, 그리스, 이집트 여행

"한국이 축복 받은 자연 환경의 보고이고, 땅의 보고이고, 선계기운의 보고라는 것을 확인한 셈이었다."

지상에서의 나의 공부 과정은 수련을 통해 하늘을 알고, 수련 지도를 통해 인간을 이해하여 세상사를 알며, 땅의 기운을 확인하여 자연의 이치를 알고, 이들 세 기운이 조화되어 만들어 온 지구 인류의 역사를 파악하여 선계의 뜻을 지상에 효과적으로 펴는, 네 가지 과정으로 이루어져 있다.

그 공부의 일환으로 금번 이태리, 그리스, 이집트를 다녀온 것이다. 여행과 관련해서 받은 천서로 여행기를 대신하고자 한다.

〈여행 전〉

– 금번 여행중 돌아보아야 할 곳은 어디인지요?

유명한 신전은 모두 신과 관련되어 있는 곳이며, 이러한 곳은 보통 사람도 알 수 있을 정도의 강기(强氣)가 서려 있다. 따라서 이러한 곳에 신전을 짓는 것이다. 금번 여행에서는 유명한 신전을 중심으로 알아

보는 것이 좋다.

허나 이들은 선계(우주)의 일부로서 5급 이하의 신들이므로 너무 격상하여 예우를 갖출 필요까지는 없으나, 일단 인간의 몸으로 있기 때문에 선배에게 도리를 다한다는 측면에서 예의를 갖추는 것은 좋다.

– 주의할 점은 무엇인지요?

이들 지역의 기운은 동양의 기운과는 많이 다르다. 당시에는 정신문명을 받아들일 수 있는 사람이 많지 않았으며 따라서 이들이 물질적으로 발전할 수 있었던 것이다. 물질은 정신의 하부구조를 이루고 있는 것들로서 정신문명으로 지배가 가능한 것이다.

유의할 점은 이들의 기운을 흐트러뜨리지 않고 다녀와야 한다는 것이다. 기운을 취하되 해당 장소의 기운이 동요되지 않도록 하여야 한다. 이러한 방법은 본인의 내부에 있는 기운과 현지의 기운이 조화를 이루도록 하여야 하는바 너무 많은 기운을 취하지 않도록 하여야 한다.

즉 여행 시 피곤할 때 부족한 기운을 채우는 정도로 그치는 것이 좋다.

– 이태리, 그리스, 터키, 이집트 등지에 볼텍스(땅의 기운이 나사 모양으로 하늘로 분출하는 곳)가 있는지요?

있다. 피라미드가 있는 곳이 바로 그 곳이다. 피라미드는 지구의 기운으로 작동되는 전파 발신기이며, 이 발신기가 작동되는 원동력이 바로 지기(地氣)이다.

지구에서 유명한 유적이 있는 곳과 예전에 상당한 발전을 이룩하였던 고대문명이 있는 곳이 바로 이러한 곳이며, 이러한 곳의 기운들은 이미 거의 소진되었으나 피라미드는 아직 일정한 파장을 우주로 보내고 있는 곳이다. 이번 기회에 한번 방문해 볼 수 있으면 가보는 것이 도움이 될 것이다.

피라미드가 기운을 보내는 곳은 항상 일정한 곳은 아니며, 시기와 계절에 따라 약간씩 달라진다. 허나 우주의 천기와 연결되는, 지구의 기운을 발사하는 장치 중의 하나이니 살펴보도록 하면 좋을 것이다.

볼텍스는 지기가 강력히 발산되는 곳으로서, 이 곳에서 열리는 것은 지기로 열리는 것이니 천기로 열리는 것과 다르다.

혈(穴)은 천기와 감응하여 열리는 것이 바람직하며, 타의 도움으로 열리는 것은 일시적이며 자신의 것이 아니므로 사적(邪的)인 방법으로 사용하는 것이다. 이러한 방법으로 열린 혈은 자신의 것이 되지 않으므로 다시 반납되어야 하는 경우가 많다.

- 그곳 신들에게 저의 방문을 알리는 것이 좋은지요?

일부러 알릴 필요는 없다. 해당 지역에 가면 이미 알고 있을 것이다. 허나 상호간에 예의를 지킨다는 의미에서 출발하기 전에 그 곳을 방문한다는 의사를 해당 유적에 보내고 그 유적이 보이는 지점에 도착하였을 때 가볍게 합장하여 그 곳을 방문하였음을 알리고 관람하면 된다.

〈여행 후〉

1. 이번 여행의 성과

이번 여행의 성과는 지구의 상태를 확인하는 일이었다. 인류가 이대로 가면 안 된다는 것을 일깨워주는 것이다. 무슨 문명이든지 시기(始期)와 종기(終期)가 있으며 이 시기를 지나고 나면 보존의 가치밖에 없게 되는 것이다.

수선재의 일은 이제 시작이며, 앞으로 해 나가야 할 과제이다. 정신문명 속에서 선계를 대표하는 한국문명의 위상을 높일 수 있도록 하는 계기를 만든 것이 금번 여행의 성과라고 할 수 있다.

2. 끌어당김에 대하여

끌어당기거나 미는 것은 무엇이 한 쪽으로 치우쳐 있음을 말해주는 것이요, 상대방이 당긴다는 것은 이쪽에서 끌어당길 수 있는 원인이 있을 경우에 발생되는 것이라고 할 수 있다. 끌어당기지 않는다는 것은 이쪽에서 끌어당기는 부분이 없음을 말해주는 것이며, 따라서 수행이 어느 정도 이상에 이르면 무엇을 보든 마음이 동하지 않는 것이다.

끌어당김을 당하는 단계를 지나면 중도의 단계를 지나 끌어당기는 단계로 가며, 이제 수선재는 끌어당기는 단계로 가고 있다. 하지만 수선재가 끌어당기는 것은 맑음으로 끌어당기는 것이 될 것이다.

3. 건축물에 대하여

건축은 아무렇게나 하는 것이 아니며, 건축물 내에 혼(魂)을 담을 수 있을 경우 후세에 길이 남는 것이다. 사소한 것에도 혼이 담겨 있어 그 물체가 스스로 살아남으려는 노력을 하는 것이며, 혼이 없으면 엄청난 건축물도 순식간에 재로 변하고 마는 것이다.

혼이란 그 물건을 관리하는 주체이자, 주인이라고 할 수 있다. 수선재 역시 혼을 불어넣어 건물을 지을 수 있다면 모양 위주보다는 현재 수련생들이 사용함에 편리한 공간을 조성하는 것이 가장 먼저일 것이다.

그 다음은 인류 문명에 한 획을 그을 수 있는 건축물을 짓도록 하는 것이 좋다. 아직 단계는 아니나 수련생들이 마음에 품고 연구하도록 하라.

우선은 다양한 인류가 쾌적하게 생활할 수 있는 공간을 구상해 보는 것이 좋다. 팔문원을 이용하면 가능하다.

〈여행을 다녀와서〉

여행에서 개인적으로 얻은 소감을 요약하자면 지구는 현재 99.9999% 이상 공해와 탁기로 오염되어 마음놓고 숨조차 쉴 수 없는 상태였으며, 이태리와 그리스의 성당과 신전, 이집트 피라미드의 원리가 의외로 간단하다는 것이었다.

그 곳 유적들의 건축 노하우를 그 곳 신들로부터 선물로 받았으나 팔문원만한 기운이 없기에 팔문원을 활용해야겠다는 생각이 굳어졌을 뿐이다.

다만 우리 회원님들 중 파장이 연결된 분들이 현재 받는 파장은 1% 미만에 지나지 않기에, 선계의 파장을 10% 이상만 받을 수 있어도 그 같은 건축과 조각, 그림을 창조해 낼 수 있을 것이다. 수련생들의 분발을 촉구한다.

기대가 너무 컸기 때문이었을까? 그 곳들은 다시 찾고 싶지 않은 지난 역사의 현장일 뿐이었다. 아름답다고 그렇게 칭송받던 그리스 에게해의 섬들은 황폐했으며 신전(神殿)들은 보존조차 되지 않아 기둥만 서 있었고,

이집트는 하루도 머물고 싶지 않은 공해의 나라였다. 또한, 이태리는 과거의 영광을 팔아 아직까지도 현재의 미국 행세를 하는 건방지기 짝이 없는 나라였다.

그들 나라의 후손들이 잘난 조상들의 뒤를 잇지 못하고 있었기에 전혀 매력을 느끼지 못하였고, 물질문명의 기운은 지기(地氣)의 비율이 높다는 것을 확인했다.

결국 한국이 축복받은 자연 환경의 보고(寶庫)이고, 땅의 보고이고, 선계 기운의 보고라는 것을 확인한 셈이었다.

이 곳 사람들의 마음이 바뀔 수만 있다면….

4장
길은 달라도 깨달음을 향하여

현존하는 여러 수련 단체에 대하여 선계에서 바라보시는 관점을 정리한 것입니다.

길 1··· 마음으로 하늘을 알려주는 길

"길을 알려주는 사람을 만나는 것이 정통 수련이 지향할 바이자 이러한 선생을 만나는 것이 천연인 것이다."

중국에서 전래되어 온 수련법 중의 하나이다.

사람의 마음을 일깨워 하늘을 알려주는 방법이었으나 대상이 글을 모르는 사람들이 대부분이었으므로 모든 것을 마음에 의지하여 가도록 하는 방법 위주였다. 허나 인간의 마음이란 것이 천차만별이어서 가고자 하는 방향이 전부 다르니 각자가 자신이 원하는 방향으로 가도록 도와주는 것이다. 그 방향으로 감에 있어 스승이 지원해주고 모든 이의 기운이 지원되는 것으로 느끼도록 함으로써 더욱 힘내어 갈 수 있게 하는 것이다.

기(氣) 수련은 붐이 있어 세력화하면 어느 정도는 꺼지지 않으며, 이렇게 되면 완전히 검증될 때까지는 그대로 가게 된다. 허나 인간의 힘으로 이것을 검증한다는 것은 어려우므로 어느 정도 세월이 지나고 나서야 그 수련의 진위 여부가 드러나게 되는 것이다.

중국에는 이러한 방법이 수만 가지가 있으며, 이 중에서 시대별로 붐을 일으키는 경우가 있었다. 가장 핵심적인 것은 민초의 가려운 마음을 긁어주는 방법인바 현재의 생활이 곤궁하다고 느낄수록 가려운 곳 역시 늘어나므로 이러한 시기에 붊이 가장 잘 일어나는 것이다.

현재 중국 민초들은 상대적인 열등감에 빠져 있으며, 이러한 상대적 열등감에서 벗어날 수 있는 방법은 바로 물질적인 것에서 떠나 마음으로 위안을 얻는 것이다. 마음에서 위안으로 얻으므로 현실적으로 편안한 마음을 가지고 갈 수 있도록 지원해 주는 것이 바로 OOO이 목표하는 바라고 할 수 있다.

따라서 수련이라기보다는 정치나 종교에 가까우며, 정통 '기 수련 지도자'라기보다는 '기 정치가'라고 할 수 있다.

모든 수련생은 본래 자신이 가지고 태어난 것이 있는바 이것을 업(業)이라고 하며, 이 업에는 잘한 것도 있고 못한 것도 있는 것이다. 이것을 타력으로 해결하면 본인의 숙제를 남이 해준 것과 같아 완전한 해법이 아닌 것이므로 가장 완전한 것은 본인의 숙제를 본인이 할 수 있는 힘을 길러주는 것이다.

타력으로 해결함은 금생에 받아야 할 판단을 잠시 유보하는 것이며, 잘못

하면 내생으로까지 이어질 수 있으니 어차피 고해인 금생에서 끝낼 수 있는 일을 내생까지 지속되는 일로 만들어 버리는 우를 범할 수 있는 것이다. 이러한 경우 가장 손해보는 것은 바로 본인이다.

우주란 일정한 에너지를 가지고 진화하고 있으며, 업이란 것 역시 에너지의 이동을 표현하는 단어 중의 하나이므로, 이 에너지가 옮겨지지 않고는 옮겨졌다고 할 수가 없는 것이며 개인들의 업의 해소는 선인 한두 사람이 해결할 수 있는 범주에 들어있지도 않은 것이다.

선인 역시 우주의 구성원으로서 우주의 스케줄에 따라야 하는 것이니 이들은 우주를 만들어 가면서도 이 흐름에 따라갈 뿐인 것이다.

인간은 인간이 가야 할 길 중 자신이 가야 하는 길을 스스로 가야 하는 것이며, 이 길을 알려주는 사람을 만나는 것이 정통 수련이 지향할 바이자 본인으로서는 이러한 선생을 만나는 것이 천연(天緣)인 것이다.

길 2··· 버리고 새로운 나를 얻는 길

"인간이 가장 버리지 못하는 것은 바로 자신이며, 가장 버려야 할 것
역시 자신이다."

수련 단체가 사용하는 방법 중에는 여러 가지가 있다. 어느 것이 좋고
어느 것이 나쁘다고 할 수는 없으며, 어느 수련법을 어느 단계에서 사
용하는가 하는 것이 중요한 것이다.

속세에서 인간이 생활을 위해 하고 있는 모든 방법들은 수련과 연관이
없는 것이 없다. 손짓 하나, 눈빛 하나, 생각 한 조각이 모두 수련과 연
관이 있으며 따라서 모든 것들이 다듬어지도록 하기 위하여 불교에서
8정도(八正道)가 나온 것이다.

수련생들이 수련을 함에 있어 이렇게 중요한 모든 것들을 현재의 자신
을 변화시켜 얻는다는 것은 거의 불가능할 정도로 힘겨운 과정이다.
따라서 모두 버리고 다시 새로운 것을 구하는 것이 훨씬 나은 것이다.

중고차의 페인트를 벗겨 낸 후 새로 입히고, 엔진을 분해하여 닳아진
부분을 새로 덧입히고 다시 깎아서 크기를 맞추며, 유리가 깨진 것을
붙여서 원래대로 만든다고 한들 이것이 본래의 자동차와 같이 될 수
없는 것이다. 따라서 차라리 새 자동차를 만드는 것이 보다 쉬운 일이

라고 할 수 있다.

이 과정은 자신이 지금까지 타고 오며 물건을 많이 주워담았으나 금생에만 이용할 수 있는 중고차를 버리는 과정과, 아무것도 실려있지 않으나 끝까지 타고 갈 수 있는 새 차를 구입하는 과정으로 나뉘는바, 이 버리고 담는 과정이 모두 마음에서 일어나는 것이라고 할 수 있다.

인간의 단전은 곧 우주이며, 이 우주를 통하여 모든 것이 이루어진다. 인간이 가장 버리지 못하는 것은 바로 자신이며, 가장 버려야 할 것 역시 자신이다. 이 일은 너무나 힘든 일이며, 아무나 할 수 없는 일이다.

따라서 욕망으로 가득 차 받아줄 사람 없는 탁기를 모두 단전에다 비우는 것이며, 이 곳에서는 무엇이든 받아주지 않는 것이 없으므로 쉽게 버릴 수 있는 것이다.

나의 죄과도 나의 전생의 업보도 모두 털어버릴 수 있는 곳이 바로 이 단전이며, 이 단전을 통하여 우리는 깨달음에까지 갈 수 있는 것이다. 모든 것은 단전을 중심으로 일어나는 것이며, 이 단전을 통하여 가능하지 못한 것이 없는 것이다.

내가 단전이자 단전이 곧 나인 것이다. 이러한 단전의 중요성을 깨닫고 이것을 활용하여 수련의 목적을 달성함에 있어, 대부분의 이들이 그 중요성을 소홀히 하며 지나가고 있는 것이다.

000의 경우 수련 초기 단계를 극기와 인내로 넘기도록 함으로써 버림에 익숙하도록 하는 방법을 사용하는 것인바, 수선재에서 수련생들이 단전에 모든 것을 털어 넣어 새로운 것을 구하도록 하는 과정과 유사하다.

극기와 인내는 수련생이 갖추어야 할 가장 기본적이자 종료 시까지 함께 하여야 할 덕목이라고 할 수 있다. 이러한 인내로 초기 버림 단계를 열고 들어가서 그 다음 단계로 진입하여야 하는바, 그 다음 단계는 완전히 새로운 나를 구하는 것이다. 이 과정 역시 수련 단체마다 다른 방법을 사용하고 있다.

수선재가 완급(緩急)을 가미하여 은근히 인간을 변화시켜 나감에 있다면, 000의 경우는 담금질을 하는 것과 같이 초기에 강한 수련을 시키는 것이며, 이 방법이 마음의 벽을 깨고 나감에 있어 차이가 나도록 하는 것이라고 할 수 있다.

양자의 차이는 수련 방법상의 차이인바 수선재의 방법은 벗어나감에 있어 끈질긴 업보와의 싸움으로 자신을 찾아나가며 이것들을 해결하고 나서 본래의 자신으로 돌아가는 것이며, 000의 방법은 충격요법에 가깝도록 해결하는 차이가 있다고 할 수 있다.

인간의 재질에 따라 수련 방법이 다르며, 깨달음의 목표 또한 다르니 상근기가 가야 하는 방법이 있으며, 중근기와 하근기가 가야 하는 방법이 다른 것이다.

*이 곳의 방법으로는 우리 수련생의 1단계 점수 45점대까지 가능합니다.

말로만 해도 알아듣는 사람이 있으며, 매를 맞아야 알아듣는 사람이 있듯이 충격으로 가능한 사람이 있으며, 은근한 방법으로 가능한 사람이 있는 것이다. 그러나 대부분의 사람들에게 통용되는 방법은 또한 아무나 사용이 가능한 저난도의 평범한 방법이며, 일부가 사용 가능한 방법은 고난도의 비범한 방법이라고 할 수 있다.

결국 공부의 목적은 자신을 묶고 있는 모든 것에서 벗어나고자 함이며, 수련생들은 이 벗어날 방법을 알려줄 수 있는 방법을 찾도록 되어 있다. 수련생들이 자신의 모든 것들을 털어 넣음으로써 새로운 자신을 발견하고 이 새로운 자신을 가지고 본성에 진입하는 것은 수련 인연이 있는 사람이라면 누구나 원하는 것이라고 할 수 있다.

은근한 방법이 내적으로는 더욱 자신을 혹사하는 수련이 될 수도 있으며, 내적으로 혹독한 과정을 겪은 후에 자신에게 돌아오는 것은 그만큼의 대가가 되는 것이다. 우주는 자신에게 정직한 사람을 위하여 배려하는 것이 있으니 그것이 바로 깨달음인 것이다.

길 3… 엄격한 호흡으로 가는 길

"호흡으로 깨달음의 본류에 융합할 수 있다는 부분을 제시한 것은 상당히 중요한 것이다."

000은 호흡으로 깨달음의 본류에 융합할 수 있다는 부분을 제시하였다. 이것은 수련에 있어 상당히 중요한 것이다. 기초 단계의 가장 중요한 부분을 제시함으로써 이 세상에 호흡의 원리를 폄에 일조하였으나 그 이후의 단계를 폄에는 본연의 의도와 달리 다소 인색하게 인식되었다.

이유는 깨달음의 경지를 확인한 스승이 자격이 되는 제자에 한하여만 깨달음의 길을 전수해주기로 내부 지침을 정함으로써, 이 기준에 적합치 않은 사람에 대하여는 기초 단계의 호흡법만 전수해 준 까닭이다. 이러한 스승의 조치는 선계의 법리에 합당하고 정당한 조치였으나 속(俗)의 제자들이 스승의 벽을 넘어가지 못하여 머뭇거리는 경우가 많았다.

호흡법으로 나가는 방법 중 기초 단계를 감에는 상당히 도움이 되나 이 단계 이후에 제시할 부분을 유자격자에게 부여하려 하다보니 엄격한 기준이 널리 폄에 방해가 된 바 있다.

허나 도는 엄격하게 지도한다면 좁게 펼 수는 있어도 널리 펼 수는 없는
것이며, 방법은 지도하는 사람의 의도에 따라 각기 달라지는 것이니 이것
은 누가 잘나고 누가 못나고의 차이가 아닌 것이다. 각자 자신에게 맞는
단계에서 취할 바만 취하면 되는 것이다.

* OOO의 스승은 선계수련의 단계로 보면 초각 단계에서의 일부 미완성으로
인하여 중각 단계로는 넘어가지 못한 상태입니다. 허나 중각 단계가 있다는
것은 인식하였습니다.

길 4··· 자신이 선택하는 자신의 길

사람이 길을 감에는 지향해야 할 바가 있다. 이 지향해야 할 바란 바로 자신만이 가야 할 길을 가르치는 것이다. 인간이 수십 억이 있어도 그 많은 인간들이 서로 가야 할 길이 다르며, 각자가 추구하는 바가 다름으로써 그 많은 길이 존재하는 의미를 찾게 된다.

인간 중에서 수련으로 자신의 본성에 접근하여 상근기에 속하는 준선인들은 이러한 길을 받아들임에 있어 극히 부드러운 방법을 유지할 수 있게 되는바, 자신에게 닥친 어떠한 일도 승화시킬 수 있는 지혜를 터득하므로 이러한 경지가 가능하게 되는 것이다.

인간을 이끌고 있는 가장 중요한 것은 바로 마음이다. 이 마음을 알고 마음을 찾아 내 것으로 하고 나서야 내가 진정 무엇을 원하는 것인지 알 수 있게 된다. 인간마다 각자 원하는 바가 다르며, 이 다름이 바로 그 많은 인간들이 존재하여야 하고 존재할 수 있도록 하는 이유이다. 모두가 나와 같다면 존재의 이유가 없으며, 이 존재의 이유가 없는 곳에서 존재할 필요가 없는 까닭이다.

이 많은 사람들은 수련으로 도달할 수 있는 목표 또한 다르며, 이 다른 목표에 도달하고자 하는 방법 역시 다른 것이다. 수련을 지도하는 방법에는 수십만 가지가 있으며, 따라서 수많은 단체들이 존재할 수 있는 것이다. 이러한 많은 길이 있음으로 인하여 수련생들이 각자 자신에게 적합한 다양한 길을 선택할 수 있는 것이며, 이 길로 가다가 안 되면 다른 길로 가볼 수 있는 것이다.

수련을 지도하는 방법이 수십만 가지가 있는 바와 같이 수련을 배우는 방법 역시 수십만 가지가 있다고 할 수 있다. 선택 가능한 수십만 가지 중에는 선도수련, OOO, 요가, 태극권, 쿵푸를 비롯하여 불교, 회교, 천주교, 개신교 등 각종 종교, 토속신앙과 개인적으로 신내림을 받은 사람을 통하여 받는 법 등이 있는 것이다.

수련 과정에 든 인간의 경우 반드시 일정 단계를 거치고 나서야 다음 단계로 진입할 수 있다. 속세의 일은 사기와 배임, 횡령, 강절도 등 중도에 다른 사람의 노력을 가로챌 수 있는 다양한 방법이 있으나 이러한 방법은 속(俗)에서나 가능한 방법이며, 선계에서는 불가한 방법이라고 할 수 있다.

정직하게 걸어감에 있어 자신을 다스릴 수 있는 방법은 자신의 단계에 따라 다르다. 자신이 초등학생이면 초등학교에 가야 하는 것이며, 중학생의 실력이면 중학교에 가야 하는 것이고, 대학원 과정에 합격할 수 있는 실력이라면 대학원 과정에 등록하여 공부를 하면 되는 것이다.

각자가 본성이 이끄는 바에 따라 수련한다면 자신의 길이 될 것이다.

＊ OOO의 스승은 선계수련의 기준으로 보면 중각의 2단계 중간 정도의 수준입니다.

길 5··· 널리 펴는 수련

"가장 중요한 것은 종국적인 깨달음을 얻을 수 있는가 여부이다."

수련을 함에 있어서는 단계를 잘 밟아야 한다. 이 단계라 함은 어떠한 배움의 길에서도 구분하여 지나야 하는 것이며, 이 구분의 역량이 수련 진도에 미치는 영향 또한 절대적이라고 할 수 있다.

수련이라는 것이 무릇 허공에 떠 있는 것을 잡는 것과 같아 막연한 것처럼 느껴지고 그것이 미치는 결과에 대하여 정확한 판단을 하기 어려운 경우가 있어, 일부 수련생들이 단순히 한 과정을 이수하는 단기 과정에 적합한 클래스를 모든 것을 이수할 수 있는 종합 과정 정도로 이해하는 경우가 왕왕 발생하고 있음을 알 수 있다.

이 길에서는 모든 스승이 스승이 아니며, 반드시 한 단계에서 스승은 한 분으로 정해져 있다. 이 한 분으로부터 필요한 모든 것을 사사 받아야 하며, 이분으로부터 전부 사사 받을 수 없을 때에는 다른 분으로부터 사사 받는 것이 가능한바 여기에는 타당한 이유가 있어야 한다.

수련에 있어 한 스승으로부터 전 과정을 배운다는 것은 쉬운 일이 아니다. 스승의 역량을 판별할 능력이 없을 뿐더러 보이지 않음을 이용하여 결과에 대한 책임 역시 회피가 가능하기 때문이다.

00은 호흡수련을 폄에 일조하였다. 허나 이 일조가 깨달음에 연결되는 것인가는 그 제자들이 어떠한 상태로 가고 있는지를 보면 알 수 있을 것이다. 가장 중요한 것은 종국적인 깨달음을 얻을 수 있는가 여부이며, 수련생들이 자신의 능력을 바탕으로 끊임없는 노력을 하여 결국은 얻어 내야 할 과제이다.

00의 스승은 제정 러시아시대 러시아 지방에서 곰 사냥을 하던 사냥꾼이었다. 당시 매일 사냥을 하지 않고 가끔 사냥을 하였으며, 눈이 오지 않아 사냥을 하지 않던 시기에는 쉬었다. 쉴 때 공부와 인연이 닿아 오늘날 수련을 하게 된 것이다.

그는 호흡의 참 맛을 알았으며, 초각의 중간 정도를 들어갔다가 되돌아온 상태이다.

길 6··· 후세들이 이어받지 못하는 스승의 경지

"영생의 조건은 바로 인간으로 태어나 호흡을 알고 수련으로 연결되어 자아를 깨치는 데서 시작한다."

하늘이 사람을 낼 때는 항상 쓸 곳을 보고 낸다. 용처가 없는 경우는 없으며, 인간이란 하늘의 입장에서 보면 하나의 도구이자 인간 스스로는 깨달음의 도구가 될 수 있는 것이다.

깨달음의 도구가 될 수 있는 이유 역시 하늘과 연관이 있음을 근거로 가능한 것이며, 이 기능을 잘 이용하여 인간이 선계로 갈 수 있는 것이다. 인간이 신(神)과 가장 비슷한 이유는 신의 사고를 따라갈 수 있음에 근거한다.

생각은 곧 기(氣)의 움직임이며, 기의 움직임은 곧 현상이고, 현상은 이 세상을 존재하게 하는 근본 원인이다. 모든 것이 현상에서 시작되고, 현상에서 끝난다. 빅뱅 현상에서 시작하여 은하의 발생 현상, 생명을 가진 존재의 탄생 현상 등 모든 것이 현상으로 표현될 수 있는 것이다.

이러한 흐름의 한가운데를 뚫고 지나는 것이 있으니 바로 생명 현상의 한가운데를 주파하는 호흡에 관한 것이다. 이 현상을 바로 보고 진리를 찾은 자들은 영생의 기쁨을 누렸으며, 이 현상의 원리를 인식하지 못한 자(동식물 및 무생물 포함)들은 영생의 기쁨을 누릴 수 없었다.

영생은 영원히 존재하며 살아있음을 말해주는 것으로서 이것이 가능하기 위하여는 영생의 흐름을 탈 수 있는 조건을 갖추어야 한다. 이 조건 자체가 영생을 보장하는 것이 아니라 이 조건을 갖춘 상태에서 각고의 노력을 하면 영생이 가능한 기본 조건이 되는 것이다.

이러한 조건은 바로 인간으로 태어나 호흡을 알고 수련으로 연결되어 자아를 깨치는 데서 시작한다. 인류 역사상 이러한 조건을 갖추고 선계에 등극한 경우를 많이 볼 수 있다.

여러 사람 중 OO은 이 호흡의 중요함을 깨닫고 이 호흡을 통한 진리와의 합일을 추구한 사람이다. OO의 사명 역시 이것을 깨달아 보급함에 있었으며, 이 역할을 통한 OO의 인간에 대한 기여는 상당한 역할을 하였다고 할 수 있다.

OO은 3단계인 종각에 들어 선계에 입적한 경우이다(5등급). 현재 선계에서의 역할은 '마우리나'라는, 지구에서 300억 광년 떨어진 곳에 있는 작은 태양계의 관리 역이다.

OO의 경우 호흡의 중요성을 알린 것은 천인 선인이 부여한 사명에 의한 것이었다. 천인 선인은 선계에서 중간 정도 위치(8등급)에 있는 선인으로서 인간의 삶을 통한 교화를 담당하는 선인이다. 관장하는 수련 인원들만 6,000억만 명이다.

00의 전생은 신라 말 고승으로 태어났으나 당시의 여건상 이러한 뜻을 펼 수 없었다. 따라서 혼자서 이러한 부분을 연구하며 지냈다. 다음에 00으로 태어나 하고 싶은 일을 하였으나 후세들이 이 뜻을 잘 이어받지 못해 안타까움이 있다.

길 7… 참으로 오래된 선도 역정

"수련이란 한번 시기를 놓치면 다음에 다시 한다는 것은 정말로 힘겨운 것이다."

참으로 오랜만에 아주 오래된 영체를 만났으니 그가 바로 OOO이다. 이 사람은 수억 년간 금수로 있다가 기원전 인도 지방에서 태어나 요기로 생활하였다. 당시에도 생활이 밥만 먹으면 하늘을 우러러보며 하늘에 이를 것을 염두에 두고 행동하였으나 방법을 깨치지 못하여 계속 인간의 경지에서 더 이상 오르지 못하였다.

전생에도 역시 인도 지방에서 태어나 이번에는 동방을 바라보며 염원을 불태웠으니 바로 한국으로 가면 혹시 하늘과 합일이 가능할는지도 모른다는 생각을 가지고 있었던 것이다. 이러한 생각이 뭉쳐 금생에 한국에서 태어나도록 된 것이며, 전전생의 기억들을 함께 뭉쳐서 가지고 있으므로 현재 그것으로 OOO을 쓰고 있는 것이다.

그의 선도 역정은 인간으로서는 상상키 어려울 정도로 오래 되었으나 매번 방법상의 착오로 진정한 수련의 길에 들지 못하고 언저리를 돌았다. 금생에도 현재와 같은 과오를 지속하다가는 깨달음의 문턱을 넘지 못하고 갈 것인즉 지금도 원래 자신이 있던 본래의 위치로 다시 돌아가려는 단계에 있기 때문이다.

돌아가는 것은 방향은 맞으나 현재의 위치에서 무엇인가 구하지 못하고 돌아간다면 그것은 오지 않음만 못한 것이라고 할 수 있다. 인간은 결국 자신이 있던 곳으로 돌아가도록 되어 있으나 돌아갈 때에는 이승에서 얻은 것만큼 등급이 향상되어야 돌아가야 할 위치로 가거나 그 이상으로 가는 것이지, 종전의 상태 그대로 돌아간다는 것은 그 세계도 시간이 경과함에 따라 진화하고 있으므로 나만 뒤떨어지는 결과를 초래하는 것이다.

000의 경우 지속적인 시행착오의 결과, 그것이 디딤돌이 되어 도약할 수 있기보다는 그 디딤돌의 역할이 감소되어 있으나마나한 상태가 되어 버렸으므로 이제부터 본인이 다시 수련을 하여 쌓아 올려야 할 것이다.

수련이란 한번 시기를 놓치면 다음에 다시 한다는 것은 정말로 힘겨운 것이며, 이 힘겨운 과정을 뚫고 나간다는 것은 어지간한 인내로서는 힘겨운 것이다. 현재의 모든 것을 전부 버리고 기득권을 포기한 채 새로운 결심으로 노력할 수 있는 마음가짐을 갖춘 후 재도전한다면 가능할 수 있으나 현재로서는 성공률이 그리 높다고 할 수 없다.

000은 속세에서는 000로서 많이 알려져 있으나 도계에서는 000보다는 그의 오래된 영력(靈歷)으로 알려져 있다.

현실에서 그의 영력이 생명력을 가지기 위하여는 새로운 전기가 마련되어야 하는바 이 전기의 마련은 본인이 무엇인가를 보아야 가능하다. 아직은 때가 아니며, 2~3년은 더 있어야 자신이 가야 할 길이 나올 것이다. 지금은 선도에 대하여 별반 배울 것이 없을 것이다.

수련 단계는 초각에서 중각으로 넘어가다가 중단된 상태로 시간이 지날수록 후진하고 있다. 차량이 언덕을 올라가다가 못 올라가면 내려올 수밖에 없음과 같다.

길 8··· 금생에 마무리짓지 못한 연구

"사람이 맑으면 이 세상을 이루고 있는 원리 중 한 가지씩은 알 수 있다."

OOO의 창시자 OOO은 전생에 고려 말 스님이었다. 당시 이름이 남을 만한 고승은 아니었으나 나름대로 불법에 깨친 것이 있어 인근에서는 마음을 기대는 사람들이 있었다.

사람이 맑으면 이 세상을 이루고 있는 원리 중 한 가지씩은 알 수 있다. 그 한 가지가 어떠한 것인가가 중요한바 나름대로 올바른 전력(前歷)을 가지고 있다면 상근기로서 수련을 하지 않아도 수련과 인접한 원리를 한 가지씩은 알 수 있는 것이다.

수련이란 것이 원래 깊이 들어가면 고난도의 과정이 있으나 초기 단계에서는 아무나 할 수 있고, 아무나 어느 정도는 알 수 있는 부분으로 구성되어 있는 것이다. 따라서 범인들도 책을 보거나 타인의 이야기를 듣고 초기 단계까지는 갈 수 있도록 되어 있는 것이다. 이 초기 단계라 함은 초각이 아니며, 수련을 할 수 있는 준비 단계를 이르는 것이다.

이러한 단계에 갔던 많은 사람들 중에는 진정 하늘 공부에 연결되었던 사람이 있으며, 하늘 공부에까지 연결되지 못하고 중도에 탈락했던 사람들도 있다.

000의 경우 00원리의 일부에 대하여 깨달음으로써 많은 사람들에게 이로움을 주고자 하였으나 본인의 한정된 능력과 주변 사람들의 인식 부족으로 널리 펴지 못한 채 향천하기에 이르렀다. 속(俗)에서 나름대로 열의를 가지고 연구하였던 부분에 대하여는 길이 전해져 내려가고 있으니 과히 속상해 할 일은 아니다.

00에 관하여 약 70% 정도 파악된 상태이며, 나머지는 다시 내려와서 완성시키면 될 것이다. 인류의 식생활 문화를 바꿀 수 있는 계기의 일부가 될 것이나, 00을 하는 것 자체는 깨달음과는 무관하다.

금생에 마무리짓지 못한 부분이 있어 조만간 다시 하계하여 00에 관한 부분을 완성시키려 할 것으로 보이며, 그동안 제자들이 맥을 이어준다면 더없는 도움이 될 것이다.

길 9··· 하근기에 대한 배려

"해탈은 해탈한 사람을 바라보는 것만으로는 절대로 불가능한 것이다."

사람이 마음을 찾아가는 길에는 여러 가지 안내소가 있다. 이 안내소 중 한 곳이 OOO이다. OOO의 경우 이러한 안내를 하는 곳 중의 하나로 서 손색이 없다. 우선 사람들의 마음을 편히 해주는 면에서 도움이 되며, 이 편안함이 속세의 걱정을 벗어나는 것으로 여겨질 만큼 크다.

속인들은 단순하여 도피처를 하나 만들어 주면 그곳이 곧 해탈처인 것으로 여기는 경우가 많으며, 자신의 해탈이 해탈한 사람의 옆에 있으면 저절로 되는 것으로 생각키 쉬우나 절대로 그렇지 않은 이유는 자신의 해탈은 자신이 공부하여 깨고 나가야지 스승이 도와주는 것은 한계가 있기 때문이다.

스승은 전 과정의 60점까지 인도할 수 있으며 80점까지는 본인의 노력으로 돌파하고, 나머지 20%는 스승의 지도를 받으며 본인이 노력으로 치고 나가야 하는 것이기 때문이다. 해탈은 반드시 선계의 엄격한 규칙에 의거한 기준을 통과하는 것으로 가능한 것이며, 해탈한 사람을 바라보는 것만으로는 절대로 불가능한 것이다.

그러나 어차피 해탈을 할 수 없는 하근기를 불러 놓고 해탈을 설파한

들 이들이 알아들을 수도 없거니와 알아듣는다고 하여도 실행할 수가 없어 말만 무성하게 되는 것이다. 따라서 어차피 불가능한 하근기들이라면 마음이라도 편히 금생을 마칠 수 있도록 하여 주는 것이 선임자로서 할 수 있는 방법 중의 하나가 될 수 있다.

상근기는 자신이 가야 할 바를 일정한 시간이 흐르면 알 수 있다. 중근기는 잘 이끌어주면 자신의 갈 길을 알 수 있으며, 하근기는 아무리 설명을 해주어도 자신이 가야 할 길을 알 수가 없다.

이들은 마음이 편하면 그것으로 족하며 따라서 더 이상 바라는 바가 없고, 자신의 본성이 진정 원하는 것이 무엇인가조차 모르고 있다. 그러나 속(俗)의 대부분을 차지하고 있는 하근기에 대한 배려를 안 할 수 없으며, 이 하근기에 대한 배려는 속을 변화시킴에 가장 중요한 요인 중의 하나가 될 수 있다.

따라서 속세에서 신도가 많은 대부분의 종교는 깨달음보다는 속의 하근기를 인도하는 것에 목적을 두고 있다. 오히려 많은 신도를 확보한 종교 단체들은 이들 하근기에 대한 배려를 앞세워 나름대로 세력을 확보하고 있다고 할 수 있다.

우수한 학생을 적게 양성하는 것과 열등한 학생을 많이 양성하는 것의 차이이며, 이 차이는 속에서뿐만 아니라 선계에서도 동일하게 적용되고 있는 것이다. 지도자의 조건과 역할이 각기 다르니 나름대로 하여야 할 일이 따로 있는 까닭이다.

이 곳의 스승인 OO은 중각의 2단계에 가 있다. 허나 호흡을 알지 못함으로 인하여 더 이상의 진전은 기대하기 어려운 형편이다.

길 10··· 정해져 있는 하늘의 길

"우주의 이치란 학교에서 평균 40점을 유지하던 학생이 갑자기 100점을 맞을 수 없는 것이다."

하늘의 길은 정해져 있는 것이 많다. 누가 가르칠 수 있으며, 누가 배울 수 있는가 하는 것의 대부분이 상당 부분 정해져 있는 것이다. 정해져 있지 않은 부분은 새로이 지정될 수 있는바 지정되는 것 자체가 역시 상당 부분 정해져 있다.

이 지정된 것을 바꾸는 방법이 바로 수련이다. 인간이 수련에 있어 목표를 지정하여 생명의 기간을 보낸다고 할 때 그 목표의 지정과 달성에 있어 자신이 벽을 넘을 수 있는 방법은 정해져 있는 것이나, 정해져 있지 않은 부분을 결정할 수 있다고 나서는 경우가 왕왕 있다.

허나 결정된 것은 결정된 것이며 결정되지 않은 것은 결정되지 않은 것이다. 변수는 항상 이 결정되지 않은 부분에서 발생한다. 결정된 부분이 많을수록 상급이며 결정된 부분이 많지 않을수록 하급이라고 할 수 있다. 하지만 우주의 기준으로 보아 결정되지 않았다고 하여 결정된 부분이 없는 것은 아니다.

최상급 지침이 없을 뿐 하급 지침에 의해 규율되고 있는 것이 우주의 법칙이므로 각기 나름대로의 기준이 있는 것이다.(국법이 없이도 지방 자치 단체 자체의 조례나 규칙이 있는 것과 같다.) 정해져 있지 않은 부분은 자신의 의지나 수련으로 변경할 수 있는 것이며, 이 부분은 타인이 간섭하거나 지도해 주는 것이 사실상 어려운 것이다. 인간의 등급을 향상시킬 수 있는 경우가 정해져 있기 때문이다.

따라서 하급 영(靈)에서 상급 영으로 한 번에 뛰어넘는 것이 불가능한 것이며, 금생에 수련을 시작하여 목표를 성취할 수 있는 방법이 정해져 있는 것이다.

우주의 이치란 학교에서 평균 40점을 유지하던 학생이 갑자기 100점을 맞을 수 없는 것이며, 평균 95점 이상 받던 사람이 100점을 받는 것이 가능한 것이다. 우주는 인간의 기준에 맞추는 것이 아니라 우주의 기준에 맞추는 것이며, 이 우주의 기준에 인간이 따라 가는 것이 수련인 것이다.

아무런 인연이 없다가 갑작스럽게 금생에 수련을 완성할 수 있는 것 역시 기존의 어떠한 부분이 본인에게 내재되어 있다가 나타남으로써 가능한 것이지 전혀 원인이 없는 결과가 있을 수 없는 것이다.

이 원인이 없는 것을 원인이 있는 것처럼 보여주고 따라서 모든 것이 가능함을 설파하는 것은 인간의 힘으로 불가능한 것을 가능하다고 이야기하는 것과 같다.

이 수련으로는 정신을 차리고 가면 초급(초각이 아님) 중간 과정 정도까지는 가능하나 정신을 잃고 간다면 탁기만 가득 찰 뿐 기력이 쇠진하여 더 이상 갈 수 없을 것이다. 혼을 잡을 수 있도록 할 필요가 있다.

길 11… 영계의 파장

"선계의 스승은 마음의 스승이어야 한다."

수련이란 여러 가지 방법을 사용하여서도 갈 수 있는 단계가 있으며, 일정한 방법을 사용하여야만이 갈 수 있는 단계가 있다.

이 단계 중 첫째가 육신을 관리하는 단계이며, 두번째가 마음을 관리하는 단계이다. 육신을 관리하는 단계는 자신의 육신을 관리하는 단계와 타인의 육신을 관리하는 단계로 구분되고, 마음을 관리하는 단계는 자신의 마음을 관리하는 단계와 타인의 마음을 관리하는 단계로 구분된다.

이 중 타인의 마음을 관리하는 단계에 오르면 선계에서 선생이라는 호칭으로 불릴 수 있다.

인간은 원래 눈으로 보이는 것만 신뢰하는 습이 있어 보이지 않는 것을 믿으려 하지 않는 면이 있다. 인간의 마음은 보이지 않는 것 중의 하나이므로 몸의 움직임을 통하여 그 마음가짐이 나타나게 되어 있다.

따라서 속(俗)에서는 타인의 마음을 가르친다는 것은 타인의 몸의 움직임을 보고 그 결과를 알아 낼 수밖에 없는 것이다. 따라서 어느 정도

감출 수만 있다면 마음의 움직임을 알아 낸다는 것은 정말로 어려운 문제라고 할 수 있다.

인간의 마음을 제어하는 방법에는 자신의 마음을 감추도록 하는 방법과, 자신의 마음의 근본적인 자리를 바꾸어 외부에 그대로 표현되도록 하는 방법이 있다.

첫째는 포장을 바꾸는 방법이며 이것은 외부로 보이는 것만 하면 되므로 억지로도 가능하다. 즉 속으로는 울면서 겉으로는 웃을 수 있는 것인바 얕은 마음으로 가능한 것이다.

둘째는 근본을 바꾸는 방법인바 이것은 본성과 직결되는 방법이므로 두 번째를 가르치는 것이 진정한 수련 방법이라고 할 수 있다.

즉 타인의 마음자리를 근본적으로 바꿈으로 인하여 이들이 본성에 다가 갈 수 있도록 지도하여 주는 것이 선생인 것이며, 인내력으로 자신의 마음을 숨기고 그 숨긴 마음을 외부로 표현되지 않도록 감추는 기술을 익혀 주는 것만으로는 속(俗)의 선생이 될 수는 있어도 선계의 선생이 될 수는 없는 것이다.

선계의 선생이란 본질에 다가가는 것을 권장하고 이것을 실천할 수 있도록 지도하여 주는 것이며, 외부로 표현되는 것은 그 바뀐 모습이 자연스럽게 보여지는 것일 뿐 더 이상 꾸밀 필요가 없는 것이다.

선계의 스승은 마음의 스승이어야 한다.

000는 아직 선계에 파장이 연결되지 않은 상태이다. 영계의 파장으로 운영되고 있으며, 이 파장만으로도 수련과 비슷한 효과를 거둘 수 있으나 이것이 진정한 수련의 길로 들어가는 것은 아니며, 오도할 우려가 있는 방법이다.

길 12··· 의식을 확장시켜 우주에 다가가는 방법

"더욱 중요한 것은 자신이 우주임과 이 본래의 우주와 현재의 나가 하나가 될 수 있음에 대한 인도이다."

인간의 의식을 확장시키는 방법으로 우주에 다가가는 방법이다. 이 방법으로 인간이 우주를 느낄 수도 있다. 허나 더욱 중요한 것은 자신이 우주임과 이 본래의 우주와 현재의 나가 하나가 될 수 있음에 대한 인도이다. 느끼는 것만으로는 부족하며 그것이 나의 것이 되어야 의미가 있는 것이다.

저 앞에 수천억 원이 있어 그것을 바라보고 있어도 그 돈을 나의 것으로 하여 사용할 수 없다면 그 의미가 있다고 할 수 없는 것이다.

지금까지 우주를 구경시켜준 수많은 단체와 사람들이 있었으나 그 우주가 바로 나이며, 내가 우주와 하나가 될 수 있음을 확인시켜준 경우가 드문 것은 구경하는 경지에 다다른 사람은 많이 있으나 그것을 실행하여 내 것으로 하는 것을 아는 사람이 많지 않은 까닭이다. 이것은 그것이 쉽지 않음에도 이유가 있으나 방법을 모르는 경우가 더욱 많았다고 할 수 있다. 방법을 알았다면 그러한 행동을 할 리가 없으며 따라서 몰랐다고 해석할 수 있다.

동일한 방법일 경우 서양의 방법이 매력적으로 보일 수 있으며, 그 부분이 광고 효과를 가져와 상승 작용을 할 수 있으나 그 효과는 일시적인 것이며, 추후에 본질에 도달하는 것은 겉을 둘러싸고 있는 문제를 해결할 수 있느냐, 아니냐에 달려 있다고 할 수 있다.

서양에서의 수련 방법은 일정 단계를 일정한 방법으로 갈 수 있도록 세분되어 있으며, 이 단계를 모두 거쳐야 갈 수 있도록 되어 있다. 이러한 방법은 장점도 있으나 그 단계를 전부 거치지 않는다면 갈 수 없도록 되어 있어 사실상 권장하고 싶은 것은 아니다.

동양의 방법은 스승을 잘 만나기만 한다면 한 스승 아래서 모든 수업을 마칠 수 있다. 많은 시행착오를 거칠 수 있는 것은 양자가 동일하나, 서양의 경우 수업 단계가 분업화하여 이 모든 단계를 거쳐야 가능한 경우가 많으나 동양의 경우 한 스승이 완성시킬 수 있는 부분이 많아 공부의 기간을 줄여줄 수 있는 것이다.

수련중 잠시 사용해 볼 수 있는 방법이다. 허나 태권도로 말한다면 앞차기 기술 한 가지 정도를 익혀주는 과정이다.

수련의 완성 과정

하늘이 사람을 낼 때는 모두 용처가 있다. 어떤 사람은 수련을 가르치도록 하여서 내보내며, 어떤 사람은 수련을 하도록 하여서 내보낸다. 무엇인가를 가르칠 수 있는 사람의 경우는 이미 그 정도가 자신이 아는 부분에 관하여 지도할 수 있는 수준에 이르러 무엇인가 남에게 베풀 수 있는 경우이다.

특히 수련이란 많이 아는 정도가 흘러 넘칠 수준이 되었을 때에 가서야 가능한 것이다. 가르침이란 물과 같아 내리흐르는 것이 정상인 것이며, 올려흐르는 것은 역리인 것이다.

즉 윗사람이 알아야 할 것을 모름으로 인하여 아랫사람이 가르치며 일을 해야 한다면 나라나 기업이나 부서는 도저히 경쟁력을 갖추지 못하는 곳이 될 것이며 망하는 날만을 기다려야 할 것이다.

모든 것은 많이 아는 사람이 적게 아는 사람을 가르치는 것이 순리이다. 속세의 지식들은 단거리 레이더와 같아 조금만 내다보고 조금만 알아도 가르칠 수 있는 것이며, 배우는 사람 역시 금방 따라 올 수 있는 것이다.

그러나 수련이란 초장거리 레이더와 같아 파장을 이용하여 모든 것을 분석하고 원리를 이끌어내며, 이것을 습득하여 내 것으로 한 후 우주화하거나 속세를 대상으로 펴는 것이다.

따라서 속(俗)의 모든 일은 분야가 많아 복잡하나 갈 길이 가깝고, 수련에 대한 일은 아주 단순하되 가야 할 길이 먼 것이라고 할 수 있다. 즉 속의 일은 1m짜리 1만 개가 있어 전부 합하면 10km 정도의 길이가 된다고 한다면 수련의 길은 한 개이되 수억만km의 길이가 되는 것과 같다.

이 노정에서 수많은 선생들이 존재한다. 이 선생들이 파악하고 흘러 넘칠 만큼 알고 있는 부분들은 각기 비슷하면서도 단계가 다르며, 동일한 부분을 달리 호칭하는 경우도 있으나 본질은 하나인 경우도 있다.

배우는 자의 입장에서 어느 선생은 얼마만큼 가르칠 수 있으니 어느 수준에서 대접하면 되고, 어느 선생은 어느 수준에 있으니 어느 정도 배우면 된다는 것을 자의적으로 판단할 수 있는 것은 아니다.

허나 수련의 완성 과정인 수선재의 경우 이 모든 것을 내부적으로 알고 있어야 할 필요가 있는 것이니만큼 간략히 타 수련 단체의 장단점을 짚어 본 것이다.

맑고 밝고 따뜻한 우주시대를 여는 책

"알파 파장을 타고 본성에 이르는 머나먼 여행을 떠나보십시오."

이 책에는 우주의 정점인 선계로부터 파장을 통하여 내려온 천서(天書), 선계나 타 우주에 계신 선인(仙人), 우주인(氣人), 또는 지구의 지신(地神)과의 대화가 실려있으며, 선계수련 안내자이자 스승인 저자가 수련 지도 중에 수련생에게 보낸 글도 포함되어 있습니다.

이러한 하늘의 말씀, 즉 천서를 받을 수 있으려면 호흡수련을 통하여 파장이 극도로 고요해져서, 알파 파장에 도달하여야 합니다. 알파 파장은 1~10단계가 있는바 천서를 받을 수 있는 파장 대역(帶域)은 알파 1을 1,000으로 나누었을 때 가장 아래, 즉 만 분의 일의 알파 파장입니다.

이 책의 제목에 나오는 0.0001이라는 숫자는 이러한 알파 파장을 상징합니다. 또 한편으로는 흔히 말하는 채널링을 통한 교신과는 다른 차원에서 나온 것이라는 점을 명시하고자 했습니다.

간혹 천서가 채널링과 어떻게 다른가 하는 질문을 하는 독자가 계신데, 천서를 받기 위해서는 받는 사람이 천서의 근원인 우주본체, 즉 조물주의 수준에 도달해 있어야 합니다. 그렇지 않으면 자신의 의사와 관계없이 내려오는 내용을 수동적으로 수신할 수밖에 없으며, 받아도 무슨 내용인지 해독이 불가능한 것입니다.

지구 인류의 영성이 깨이는 후천시대를 앞두고 채널링을 하는 분이 많이 나오고 있습니다. 스스로 깨달았다고 하는 분도 많을 것입니다. 이 분들은 모두 어떤 의미에서는 우주의 파장을 받고 있는 것입니다. 그러나 어느 수준과 연결되어 있느냐에 따라 그 내용에 있어 많은 차이가 있습니다. 이 책에 나오는 천서는 선계에서 직접 내려오는 글이기에 우주 창조 목적, 조물주의 실체 등 지구 역사상 어디에서도 접할 수 없었던 정보가 담겨있습니다.

이러한 천기에 해당하는 내용을 공개함에 앞서 두려움마저 느껴집니다. 그러나 이 일이 우리에게 허락된 사명이라 믿고, 모든 정성을 담아 이 책 『천서0.0001』을 세상에 내놓습니다.

이 책을 통하여, 알파 파장을 타고 본성(本性)에 이르는 머나먼 여행을 떠나보십시오.

파장으로 만나는 우주는 광물질로 이루어진 별이 있는 어두운 공간이 아니라, 형형색색의 별들이 자신들의 이야기를 풀어 놓는 생명의 바다입니다. 파장으로 전해오는 우주의 메시지는 맑고 밝고 따뜻한 희망을 담고 있습니다. 말세라고 여겨지는 지구의 근래 사건들에 대해서도 새로운 변화를 향한 출발이라고 이야기합니다. 이 책은 파장의 시대, 맑고 밝고 따뜻한 우주시대를 위한 영(靈)적 지침서입니다.

이 책을 접하신 여러분은 천수체(天壽體: 수련을 위해 지구에 태어난 영체)로서 선계수련(仙界修錬)을 할 수 있는 인연이 있는 분입니다. 이 책을 통하여 많은 분들이 자신을 찾기 위한 수련의 길에 들게 되시기를 기원합니다.

* 책의 내용이나 수선재의 선계수련에 대하여 문의하고 싶으신 분은
  전국)1544-1150으로 연락주시기 바랍니다.

* 수선재 홈페이지: www.soosunjae.org